庐　隐◎著

李异鸣◎主编

U0722677

现代文学··蓝皮轻经典

海滨故人

应急管理出版社

·北京·

图书在版编目（CIP）数据

海滨故人/庐隐著；李异鸣主编 . −−北京：应急管理
出版社，2021

（现代文学：蓝皮轻经典）

ISBN 978 − 7 − 5020 − 8674 − 9

Ⅰ.①海… Ⅱ.①庐… ②李… Ⅲ.①短篇小说—小
说集—中国—现代 Ⅳ.①I246.7

中国版本图书馆 CIP 数据核字（2021）第 018715 号

海滨故人（现代文学　蓝皮轻经典）

著　者	庐　隐
主　编	李异鸣
责任编辑	陈棣芳
封面设计	沈加坤

出版发行 应急管理出版社（北京市朝阳区芍药居 35 号　100029）
电　话 010 − 84657898（总编室）　010 − 84657880（读者服务部）
网　址 www. cciph. com. cn
印　刷 天津文林印务有限公司
经　销 全国新华书店

开　本 880mm×1230mm$^1/_{32}$　**印张** 42　**字数** 834 千字
版　次 2021 年 5 月第 1 版　2021 年 5 月第 1 次印刷
社内编号 20193223　　　**定价** 240.00 元（共十册）

目 录

一

呵！多美丽的图画！斜阳红得像血般，照在碧绿的海波上，露出紫蔷薇般的颜色来，那白杨和苍松的荫影之下，她们的旅行队正停在那里。五个青年的女郎，要算是此地的熟客了。她们住在靠海的村子里，只要早晨披白绡的安琪儿，在天空微笑时，她们便各人拿着书跳舞般跑了来。黄昏红裳的哥儿回去时，她们也必定要到。

她们倒是什么来历呢？有一个名字叫露沙，她在她们五人里，是最活泼的一个。她总喜欢穿白纱的裙子，用云母石作枕头，仰面睡在草地上默默凝思。她在城里念书，现在正是暑假期中，约了她的好朋友——玲玉、莲裳、云青、宗莹住在海边避暑，每天两次来赏鉴海景。她们五个人的相貌和脾气都有极显著的区别。露沙是个很清瘦的面庞和体格，但却十分刚强，她们给她的赞语是"短小精悍"。她的脾气很爽快，但心思极深，对于世界的谜仿佛已经识破，对人们交接，总是诙谐的。

玲玉是富于情感，而体格极瘦弱，她常常喜欢人们的赞美和温存。她认定世界的伟大和神秘，只是爱的作用；她喜欢笑，更喜欢哭，她和云青最要好。云青是个智理比感情更强的人。有时她不耐烦了，不能十分温慰玲玉，玲玉一定要背人偷拭泪，有时竟至放声痛哭了。莲裳为人最周到，无论和什么人都交际得来，而且到处都被人欢迎，她和云青很好。宗莹在她们里头，是最娇艳的一个，她极喜欢艳妆，也喜欢向人夸耀她的美和她的学识，她常常说过分的话。露沙和她很好，但露沙也极反对她思想的近俗，不过觉得她人很温和，待人很好，时时地牺牲了自己的偏见，来附和她。她们样样不同的朋友，而能比一切同学亲热，就在她们都是很有抱负的人，和那醉生梦死的不同。所以她们就在一切同学的中间，筑起高垒来隔绝了。

有一天，朝霞罩在白云上的时候，她们五个人又来了。露沙睡在海崖上，宗莹蹲在她的身旁，莲裳、玲玉、云青站在海边听怒涛狂歌，看碧波闪映，宗莹和露沙低低地谈笑，远远忽见一缕白烟从海里腾起。玲玉说："船来了！"大家因都站起来观看，渐渐看见烟筒了。看见船身了，不到五分钟整个的船都可以看得清楚。船上许多水手都对她们望着，直到走到极远才止。她们因又团团坐下，说海上的故事。

开始露沙述她幼年时，随她的父母到外省做官去，也是坐的这样的海船。有一天因为心里烦闷极了，不住声地啼哭，哥哥拿许多糖果哄她，也止不住哭声，妈妈用责罚来禁止她的哭声，也是无效。这时她父亲正在作公文，被她搅得急起来，因把她抱起来要往海里抛。她这时惧怕那油碧碧的海水，才止住哭声。

宗莹插言道："露沙小时的历史，多着呢，我都知道。因我妈妈和她家认识，露沙生的那天，我妈妈也在那里。"玲玉说："你既知道，讲给我们听听好不好？"宗莹看着露沙微笑，意思是探她许可与否，露沙说："小时的事情我一概不记得，你说说也好，叫我也知道知道。"

于是宗莹开始说了："露沙出世的时候，亲友们都庆贺她的命运，因为露沙的母亲已经生过四个哥儿了。当孕着露沙的时候，只盼望是个女儿。这时露沙正好出世。她母亲对这嫩弱的花蕊，十分爱护，但同时意外的事情发生了，不免妨碍露沙的幸运，就是生露沙的那一天，她的外祖母死了，并且曾经派人来接她的母亲。为了露沙的出世，终没去成，事后每每思量，当露沙闭目恬适睡在她臂膀上时，她便想到母亲的死，晶莹的泪点往往滴在露沙的颊上。后来她忽感到露沙的出世有些不祥，把思量母亲的热情，变成憎厌露沙的心了！

"还有不幸的，是她母亲因悲抑的结果，使露沙没有乳汁吃，稚嫩的哀哭声，便从此不断了。有一天夜里，露沙哭得最凶，连她的小哥哥都吵醒了。她母亲又急又痛，止不住倚着床沿垂泪，她父亲也叹息道：'这孩子真讨厌！明天雇个奶妈，把她打发远点，免得你这么受罪！'她母亲点点头，但没说什么。

"过了几天，露沙已不在她母亲怀抱里了，那个新奶妈，是乡下来的，她梳着奇异像蝉翼般的头，两道细缝的小眼，上唇撅起来，露着牙龈。露沙初次见她，似乎很惊怕，只躲在娘怀里不肯仰起头来。后来那奶妈拿了许多糖果和玩物，才勉强把她哄去。但到了夜里，她依旧要找娘去，奶妈只把她搂在怀里，轻轻拍着，唱催眠歌儿，才把她哄睡了。

"露沙因为小时吃了母亲忧抑的乳汁，身体十分孱弱，况且那奶妈又非常的粗心，她有时哭了，奶妈竟不理她，这时她的小灵魂，感到世界的孤寂和冷刻了。她身体健康更一天不如一天。到三岁了她还不能走路和说话，并且头上还生了许多疮疥。这可怜的小生命，更没有人注意她了。

"在那一年的春天，鸟儿全都轻唱着，花儿全都含笑着，露沙的小哥哥都在绿草地上玩耍，那时露沙得极重的热病，关闭在一间厢房里。当她病势沉重的时候，她母亲绝望了，又恐怕传染，她走到露沙的小床前，看着她瘦弱的面庞说：'唉！怎变成这样了！……奶妈！我这里孩子多，不如把她抱到你家里去治吧！能好再抱回来，不好就算了！'奶妈也正想回去看看她的小黑，当时就收拾起来，到第二天早晨，奶妈抱着露沙走了。她母亲不免伤心流泪。露沙搬到奶妈家里的第二天，她母亲又生了个小妹妹，从此露沙不但不在她母亲的怀里，并且也不在她母亲的心里了。

"奶妈的家，离城有二十里路，是个环山绕水的村落，她的屋子，是用茅草和黄泥筑成的，一共四间，屋子前面有一座竹篱笆，篱笆外有一道小溪，溪的隔岸，是一片田地，碧绿的麦秀，被风吹着如波纹般涌漾。奶妈的丈夫是个农夫，天天都在田地里做工；家里有一个纺车，奶妈的大女儿银姊，天天用它纺线；奶妈的小女儿小黑和露沙同岁。露沙到了奶妈家里，病渐渐减轻，不到半个月已经完全好了，便是头上的疮也结了痂，从前那黄瘦的面孔，现在变成红黑了。

"露沙住在奶妈家里，整整过了半年，她忘了她的父母，以为奶妈便是她的亲娘，银姊和小黑是她的亲姊姊。朝霞幻成的画景，成了她灵魂的安慰者，斜阳影里唱歌的牧童，是她的良友，她这时精神身体都十分焕发。

"露沙回家的时候，已经四岁了。到六岁的时候，就随着她的父母做官去，以后的事情我就不知道了。"

宗莹说到这里止住了。露沙只是怔怔地回想，云青忽喊道："你看那海水都放金光了，太阳已经到了正午，我们回去吃饭吧！"她们随着松荫走了一程便到家了。

在这一个暑假里，寂寞的松林和无言的海流，被这五个女孩子点染得十分热闹，她们对着白浪低吟，对着激潮高歌，对着朝霞微笑，有时竟对着海月垂泪。不久暑假将尽了，那天夜里正是月望的时候，她们黄昏时拿着箫笛等来了。露沙说："明天我们就要进城去，这海上的风景，只有这一次的赏受了。今晚我们一定要看日落和月出……这海边上虽有几家人家，但和我们也混熟了，纵晚点回去也不要紧，今天总要尽兴才是。"大家都极同意。

西方红灼灼的光闪烁着，海水染成紫色，太阳足有一个脸盆大，起初盖着黄色的云，有时露出两道红来，仿佛大火神怒睁两眼，向人间狠视般，但没有几分钟那两道红线化成一道，那彩霞和彗星般散在西北角上，那火盆般的太阳已到了水平线上，一霎眼那太阳已如狮子滚绣球般，打个转身沉向海底去了。天上立刻露出淡灰色来，只在西方还有些五彩余辉闪烁着。

海风吹拂在宗莹的散发上，如柳丝轻舞，她倚着松柯低声唱道：

> 我欲登芙蓉之高峰兮，
> 白云阻其去路。
> 我欲挈绿萝之俊藤兮；
> 惧颓岩而踟蹰。
> 伤烟波之荡荡兮；
> 伊人何处？
> 叩海神久不应兮；
> 唯漫歌以代哭！

接着歌声，又是一阵箫韵，其声嘤嘤似蜂鸣群芳丛里，其韵溶溶似落花轻逐流水，渐提渐高激起有如孤鸿哀唳碧空，但一折之后又渐转和缓恰似水渗滩底呜咽不绝，最后音响渐杳，歌声又起道：

> 临碧海对寒素兮，
> 何烦纡之萦心！
> 浪滔滔波荡荡兮，
> 伤孤舟之无依！
> 伤孤舟之无依兮，
> 愁绵绵而永系！

大家都被了歌声的催眠，沉思无言，便是那作歌的宗莹，也只有微叹的余音，还在空中荡漾罢了。

二

她们搬进学校了。暑假里浪漫的生活，只能在梦里梦见，在回想中想见。这几天她们都是无精打采的。露沙每天只在图书馆，一张长方桌前坐着，拿着一支笔，痴痴地出神，看见同学走过来时，她便将人家慢慢分析起来。同学中有一个叫松文的从她面前走过，手里正拿着信，含笑地看着，露沙等她走后，便把她从印象中提出，层层地分析。过了半点钟，便抽去笔套，在一册小本子上写道：

"一个很体面的女郎，她时时向人微笑，多美丽呵！只有含露的荼蘼能比拟她。但是最真诚和甜美的笑容，必定当她读到情人来信时才可以看见！这时不正像含露的荼蘼了，并且像斜阳熏醉的玫瑰，又柔媚又艳丽呢！"她写到这里又有一个同学从她面前走过。她放下她的小本子，换了宗旨不写那美丽含笑的松文了！她将那个后来的同学照样分析起来。这个同学姓郦，在她一级中年纪最大——大约将近四十岁了——她拿着一堆书，皱着眉走过去。露沙望着她的背影出神，不禁长叹一声，又拿起笔来写道："她是四十岁的母亲了——她的儿已经十岁——当她拿着先生发的讲义——二百余页的讲义，细细地理解时，她不由得想起她的儿来了。她那时皱紧眉头，合上两眼，任那眼泪把讲义湿透，也仍不能止住她的伤心。先生们常说：'她是最可佩服的学生。'我也只得这么想，不然她那紧皱的眉峰，便不时惹起我的悲哀：我必定要想到：'人多么傻呵！因为不相干的什么知识——甚至于一张破纸文凭，把精神的快活完全牺牲了……'"

当当一阵吃饭钟响，她才放下笔，从图书馆出来，她一天的生活大约如是，同学们都说她有神经病，有几个刻薄的同学给她起个绰号，叫"著作家"，她每逢听见人们嘲笑她的时候，只是微笑说："算了吧！著作家谈何容易？"说完这话，便头也不回地跑到图书馆去了。

宗莹最喜欢和同学谈情。她每天除上课之外，便坐在讲堂里，和同学们说："人生的乐趣，就是情。"她们同级里有两个人，一个叫作兰香，一个叫作孤云，她们两人最要好，然而也最爱打架。她们好的时候，手挽着手，头偎着头，低低地谈笑。或商量两个人做一样衣服，用什么样花边，或者做一样的鞋，打一样的别针，使无论什么人一见她们，就知道她们是顶要好的朋友。有时预算星期六回家，谁到谁家去，她们说到快意的时候，竟手舞足蹈，合唱起来。这时宗莹必定要拉着玲玉说："你看她们多快乐呵！真是人若没有感情，就不能生活了。情是滋润草木的甘露，要想开美丽的花，必定要用情汁来灌溉。"玲玉也悄悄地谈论着，我们级里谁最有情，谁有真情，宗莹笑着答她道："我看你最多情，——最没情就是露沙了。她永远不相信人，我们对她说情，她便要笑我们。其实她的见地实在不对。"玲玉便怀疑着笑说道："真的吗？……我不相信露沙无情，你看她多喜欢笑，多喜欢哭呀。没情的人，感情就不应当这么易动。"宗莹听了这话，沉思一回，又道："露沙这人真奇怪呀！……有时候她闹起来，比谁都活泼，及至静起来，便谁也不理的躲起来了。"

她们一天到晚，只要有闲的时候，便如此的谈论，同学们给她们起了绰号，叫"情迷"，她们也笑纳不拒。

云青整天理讲义，记日记。云青的姊妹最多，她们家庭里因组织了一个娱乐会。云青全份的精神都集中在这里，下课的时候，除理讲义、抄笔录和记日记外，就是做简章和写信。她性情极圆和，无论对于什么事，都不肯吃亏，而且是出名的拘谨。同级里每回开级友会，或是爱国运动，她虽热心帮忙，但叫她出头露面，她一定不答应。她唯一的推辞只说："家里不肯。"同学们能原谅她的，就说她家庭太顽固，她太可怜；不能原谅她，就冷笑着说："真正是个薛宝钗。"她有时听见这种的嘲笑，便呆呆坐在那里。露沙若问她出什么神？她便悲抑着说："我只想求人了解真不容易！"露沙早听惯看惯她这种语调态度，也只冷冷地答道："何必求人了解？老实说便是自己有时也不了解自己呢！"云青听了露沙的话，就立刻安适了，仍旧埋头做她的工作。

莲裳和他们四人不同级，她学的是音乐，她每日除了练琴室里弹琴，便是操场上唱歌。她无忧无虑，好像不解人间有烦恼事，她每逢听见云青、露沙谈人无味一类的话，她必插嘴截住她们的话说："哎呀！你们真讨厌。竟说这些没意思的话，有什么用处呢？来吧！来吧！操场玩去吧！"她跑到操场里，跳上秋千架，随风上下翻舞，必弄得一身汗她才下来，她的目的，只是快乐。她最憎厌学哲理的人，所以她和露沙她们不能常常在一处，只有假期中，她们偶然聚会几次罢了。

她们在学校里的生活很平淡，差不多没有什么意外的事情发现。到了第三个年头，学校里因为爱国运动，常常罢课。露沙打算到上海读书。开学的时候，同学们都来了，只短一个露沙，云青、玲玉、宗莹都感十分怅惘，云青更抑抑不能耐，当日就写了一封信给露沙道：

露沙：

赐书及宗莹书，读悉，一是离愁别恨，思之痛，言之更痛，露沙，千丝万缕，从何诉说？知惜别之不免，悔欢聚之多事矣！悠悠不决之学潮，至兹告一结束，今日已始行补课，同堂相见，问及露沙，上海去也。局外人已不胜为吾四人憾，况身受者乎？吾不欲听其问，更不忍笔之于此以增露沙愁也！所幸吾侪之以志行相契，他日共事社会，不难旧雨重逢，再作昔日之游，话别情，倾积愫，且喜所期不负，则理想中乐趣，正今日离愁别恨有以成之；又何惜今日之一别，以致永久之乐乎？云素欲作积极语，以是自慰，亦勉以是为露沙慰，知露沙离群之痛，总难超然于心。姑以是作无聊之极想，当耐味之榆柑可也。

今日校中之开学式，一种萧条气象，令人难受。露沙，所谓"别时容易见时难"。吾终不能如太上之忘情，奈何！得暇多来信，余言续详，顺颂康健

云青

云青写完信，意绪兀自懒散，在这学潮后，杂乱无章的生活里，只有沉闷烦纡，那守时刻司打钟的仆人，一天照样打十二回钟，但课堂里零零落落，只有三四个人上堂。教员走上来，四面找人，但窗外一个人影都没有。院子里只有垂杨对那孤寂的学生教员，微微点头。玲玉、宗莹和云青三个人，只是在操场里闲谈。这时正是秋凉时候，天空如洗，黄花满地，西风爽竦。一群群雁子都往南飞，更觉生趣索然。她们起初不过谈些解决学潮的方法，已觉前途的可怕，后来她们又谈到露沙了，玲玉说："露沙走了，与她的前途未始不好。只是想到人生聚散如此易易，太没意思了，现在我们都是做学生的时代，肩上没有重大的责任，尚且要受种种环境支配，将来投身社会，岂不更成了机械吗？……"云青说："人生有限的精力，清磨完了就结束了，看透了倒不值得愁前虑后呢？"宗莹这时正在葡萄架下，看累累酸子，忽接言道："人生都是苦恼，但能不想就可以不苦了！"云青说："也只有做如此想。"她们说着都觉倦了，因一齐回到讲堂去。宗莹的桌上忽放着一封信，是露沙寄来的，她忙忙撕开念道：

人寿究竟有几何？穷愁潦倒过一生，未免不值得！我已决定日内北上，以后的事情还讲不到，且把眼前的快乐享受了再说。

宗莹！云青！玲玉！从此不必求那永不开口的月姊——传我们心弦之音了！呵！再见！

宗莹喜欢得跳起来，玲玉、云青也尽展愁眉，她们并且忙跑去通知莲裳，预备欢迎露沙。

　　露沙到的那天，她们都到火车站接她。把她的东西交给底下人拿回去。她们五个人一齐走到公园里。在公园里吃过晚饭，便在社稷坛散步，她们谈到暑假分别时曾叮嘱着月望时，两地看月传心曲，谁想不到三个月，依旧同地赏月了！在这种极乐的环境里，她们依旧恢复她们天真活泼的本性了。

　　她们谈到人生聚散的无定。露沙感触极深，因述说她小时的朋友的一段故事：

　　"我从九岁开始念书，启蒙的先生是我姑母，我的书房，就在她寝室的套间里。我的书桌是红漆的，上面只有一个墨盒，一管笔，一本书，桌子面前一张木头椅子。姑母每天早晨教我一课书，教完之后，她便把书房的门倒锁起来，在门后头放着一把水壶，念渴了就喝白开水，她走了以后，我把我的书打开。忽听见院子里妹妹唱歌，哥哥学猫叫，我就慢慢爬到桌上站在那里，从窗眼往外看。妹妹笑，我也由不得要笑；哥哥追猫，我心里也像帮忙一块追似的。我这样站着两点钟也不觉倦，但只听见姑母的脚步声，就赶紧爬下来，很规矩地坐在那里，姑母一进门，正颜厉色地向我道：'过来背书。'我哪里背得出，便认也不曾认得。姑母怒极，喝道：'过来！'我不禁哀哀地哭了。她拿着皮鞭抽了几鞭，然后狠狠地说：'十二点再背不出，不用想吃饭呵！'我这时恨极这本破书了。但为要吃午饭，也不能不拼命地念，侥幸背出来了，混了一顿午饭吃。但是念了一年，一本《三字经》还不曾念完。姑母恨极了，告诉了母亲，把我狠狠责罚了一顿，从此不教我念书了。我好像被赦的死囚，高兴极了。

有一天我正在同妹妹做小衣服玩，忽听见母亲叫我说：'露沙！你一天在家里不念书，竟顽皮，把妹妹都引坏了。我现在送你上学校去，你若不改，被人赶出来，我就不要你了。'我听了这话，又怕又伤心，不禁放声大哭。后来哥哥把我抱上车，送我到东城一个教会学堂里。我才迈进校长室，心里便狂跳起来。在我的小生命里，是第一次看见蓝眼睛、高鼻子的外国人，况且这校长满脸威严。我哥哥和她说：'这小孩是我的妹妹，她很顽皮，请你不用客气地管束她，那是我们全家所感激的。'那校长对我看了半天说：'哦！小孩子！你应当听话，在我的学校里，要守规矩，不然我这里有皮鞭，它能责罚你。'她说着话，把手向墙上一捺。就听见'琅琅！'一阵铃响，不久就走进一个中国女人来，年纪二十八九，这个人比校长温和得多，她走进来和校长鞠了个躬，并不说话，只听见校长叫她道：'魏教习！这个女孩是到这里读书的，你把她带去安置了吧！'那个魏教习就拉着我的手说：'小孩子！跟我来！'我站着不动。两眼望着我的哥哥，好似求救似的。我哥哥也似了解我的意思，因安慰我说：'你好好在这里念书，我过几天来看你。'我知道无望了，只得勉勉强强跟着魏教习到里边去。

这学校的学生，都是些乡下孩子，她们有的穿着打补丁的蓝布褂子，有的头上扎着红头绳，见了我都不住眼地打量，我心里又彷徨，又凄楚。在这满眼生疏的新环境里，觉得好似不系之舟，前途命运真不可定呵。迷糊中不知走了多少路，只见魏教习领我走到楼下东边一所房子前站住了。用手轻轻敲了几下门，那门便'呀'的一声开了。一个女郎戴着蔚蓝眼镜，两颊娇红，眉长入鬓，身上穿着一件月白色的长衫，微笑着对魏教习鞠了躬说：'这就是那新来的小学生吗？'魏教习点点头说：'我把她交给你，一切的事情都要你留心照应。'说完又回头对我说：'这里的规矩，小学生初到学校，应受大学生的保护和管束。她的名字叫秦美玉，你应当叫她姐姐，好好听她的话，不知道的事情都可以请教她。'说完站起身走了。那秦美玉拉着我的手说：'你多大了？你姓什么？叫什么？……这学校的规矩很厉害，外国人是不容情的，你应当事事小心。'她正说着，已有人将我的铺盖和衣物拿进来了。

我这时忽觉得诧异，怎么这屋子里面没有床铺呵？后来又看她把墙壁上的木门推开了。里头放着许多被褥，另外还有一个墙橱，便是放衣服的地方。她告诉我这屋里住五个人，都在这木板上睡觉，此外，有一张长方桌子，也是五个人公用的地方。我从来没看见过这种简陋的生活，仿佛到了一个特别的所在，事事都觉得不惯。并且那些大学生，又都正颜厉色地指挥我打水扫地，我在家从来没做过，况且年龄又大幼弱，怎么能做得来？不过又不敢不做，到烦难的时候，只有痛哭，那些同学又都来看我，有的说：'这孩子真没出息！'有的说：'管管她就好了。'那些没有同情的刺心话，真使我又羞又急，后来还是秦美玉有些不过意，抚着我的头说：'好孩子！别想家，跟我玩去。'我擦干了眼泪，跟她走出来。院子里有秋千架，有荡木，许多学生在那里玩耍，其中有一个学生，和我差不多大，穿着藕荷色的洋纱长衫，对我含笑地望，我也觉得她和别的同学不同，很和气可近的，我不知不觉和她熟识了，我就别过秦美玉和她牵着手，走到后院来。那里有一棵白杨树，底下放着一块捣衣石，我们并肩坐在那里。这时正是黄昏的时候，柔媚的晚霞，缀成漫天红罩，金光闪射，正映在我们两人的头上，她忽然问我道：'你会唱圣诗吗？'我摇头说'不会'，她低头沉思半晌说：'我会唱好几首，我教你一首好不好？'我点头道：'好！'她便轻轻柔柔地唱了一首，歌词我已记不得了。只是那爽脆的声韵，恰似娇莺低吟，春燕轻歌，到如今还深刻脑海。我们正在玩得有味，忽听一阵铃响，她告诉我吃晚饭了。我们依着次序，走进膳堂，那膳堂在地窖里，很大的一间房子，两旁都开着窗户，从窗户外望，平地上所种的杜鹃花正开得灿烂娇艳，迎着残阳，真觉爽心动目。屋子中间排着十几张长方桌，桌的两旁放着木头板凳，桌上当中放着一个绿盆，盛着白木头筷子和黑色粗碗，此外排着八碗茄子煮白水，每两人共吃一碗。

在桌子东头，放着一簸箩棒子面的窝窝头，黄腾腾好似金子的颜色，这又是我从来没吃过的，秦美玉替我拿了两块放在面前。我拿起来咬了一口，有点甜味，但是嚼在嘴里，粗糙非常，至于那碗茄子，更不知道是什么味道，又涩又苦，想来既没有油，盐又放多了，我肚子其实很饿，但我拿起筷子勉强吃了两口，实在咽不下，心里一急，那眼泪点点滴滴都流在窝窝头上了。那些同学见我这种情形，有的诽笑我，有的谈论我，我仿佛听见她们说：'小姐的派头倒十足，但为什么不吃小厨房的饭呢？'我那时不知道这学校的饭是分等第的，有钱的吃小厨房饭，没钱就吃大厨房的饭，我只疑疑惑惑不知道她们说什么，只怔怔地看着饭菜垂泪。直等大家都吃完，才一齐散了出来。我自从这一顿饭后，心里更觉得难受了，这一夜翻来覆去，无论如何睡不着，看那清碧的月光，从树梢上移到我屋子的窗棂上，又移到我的枕上，直至月光充满了全屋，我还不曾入梦，只听见那四个同学呼声雷动，更感焦躁，那眼泪又不由自主地流下来了。直到天快亮，这才迷迷糊糊睡了一觉。

第二天的饭菜，依旧是不能下箸。那个小朋友知道这消息，到吃饭的时候，特把她家里送来的菜，拨了一半给我，我才吃了一顿饱饭。这种苦楚直挨了两个星期，才略觉习惯些。我因为这个小朋友待我极好，因此更加亲热。直到光复那一年，我家里搬到天津去，我才离开这学校，我的小朋友也回通州去了。到光复以后我已经十三岁了，我的小朋友十二岁，我们一齐都进公立某小学校，后来她因为想学医到别处去。我们五六年不见，想不到前年她又到北京来，我们因又得欢聚，不过现在她又走了——听说她已和人结婚——很不得志，得了肺病，将来能否再见，就说不定了。"

"你们说人生聚散有一定吗？"露沙说完，兀自不住声地叹息。这时公园游人已渐渐散尽，大家都有倦意。因趁着光慢慢散步出园来，一同雇车回学校去。

露沙自从上海回来后，宗莹和云青、玲玉，都觉格外高兴。这时候她们下课后，工作的时候很少，总是四个人拉着手，在芳草地上，轻歌快谈。说到快意时，便哈天扑地地狂笑，说到凄楚时便长吁短叹，其实都脱不了孩子气，什么是人生！什么是究竟！不过嘴里说说，真的苦趣还一点没尝到呢！

三

光阴快极了，不觉又过了半年，不解事的露沙、玲玉、云青、宗莹、莲裳，不幸接二连三都卷入愁海了。

第一个不幸的便是露沙，当她幼年时饱受冷刻环境的熏染，养成孤僻倔强的脾气，而她天性又极富于感情，所以她竟是个智情不调和的人。当她认识那青年梓青时，正在学潮激烈的当儿。天上飘着鹅毛片般的白雪，空中风声凛冽，她奔波道途，一心只顾怎么开会，怎么发宣言，和那些青年聚在一起，讨论这一项，解决那一层，她初不曾预料到这一点的，因而生出绝大的果来。

梓青是个沉默孤高的青年，他的议论最彻底，在会议的席上，他不大喜欢说话，但他的论文极多，露沙最喜欢读他的作品，在心流的沟里，她和他不知不觉已打通了，因此不断地通信，从泛泛的交谊，变为同道的深契。这时露沙的生趣勃勃，把从前的冷淡态度，融化许多，她每天除上课外，便是到图书馆看书，看到有心得，她或者作短文，和梓青讨论；或者写信去探梓青的见解，在这个时期里，她的思想最有进步，并且她又开拓研究哲学，把从前懵懵懂懂的态度都改了。

有一天正上哲学课，她拿着一支铅笔记先生口述的话。那时先生正讲人生观的问题，中间有一句说："人生到底做什么？"
她听了这话，忽然思潮激涌，停了手里的笔，更听不见先生继
续讲些什么，只怔怔地盘算："人生到底做什么？……"牵来
牵去，忽想到恋爱的问题上去——"青年男女，好像是一朵含苞
未放的玫瑰花，美丽的颜色足以安慰自己，诱惑别人，芬芳的气
息，足以满足自己，迷恋别人。但是等到花残了，叶枯了，人家
弃置，自己憎厌，花木不能躲时间空间的支配，人类也是如此，
那么人生到底做什么？……其实又有什么可做？恋爱不也是一样
吗？青春时互相爱恋，爱恋以后怎么样？……不是和演剧般，
到结局无论悲喜，总是空的呵！并且爱恋的花，常常衬着苦恼的叶
子，如何跳出这可怕的圈套，清净一辈子呢？……"她越想越玄，
后来弄得不得主意，吃饭也不正经吃，有时只端着饭碗拿着筷子出
神，睡觉也不正经睡，半夜三更坐了起来发怔，甚至于痛哭了。

　　这一天下午，露沙又正犯着这哲学病，忽然梓青来了一封
信，里头有几句话说："枯寂的人生真未免太单调了！……
唉！什么时候才得甘露的润泽，在我空漠的心田，开朵灿烂的花
呢？……恐怕只有膜拜'爱神'，求她的怜悯了！"这话和她的
思想，正犯了冲突。交战了一天，仍无结果。到了这一天夜里，
她勉勉强强写了梓青的回信，那话处处露着彷徨矛盾的痕迹。到
第二天早起重新看看，自己觉得不妥，因又撕了，结果只写了几
个字道："来信收到了，人生不过尔尔，苦也罢，乐也罢，几十
年全都完了，管他呢！且随遇而安吧！"

　　活泼泼的露沙，从此憔悴了！消沉了！对于人间时而信，时

而疑，神经越加敏锐。闲步到中央公园，看见鸭子在铁栏里游泳，她便想到，人生和鸭子一样地不自由，一样地愚钝；人生到底做什么？听见鹦鹉叫，她便想到人们和鹦鹉一样，刻板地说那几句话，一样的不能跳出那笼子的束缚；看见花落叶残便想到人的末路——死——仿佛天地间只有愁云满布，悲雾迷漫，无一不足引起她对世界的悲观，弄得精神衰颓。

露沙的命运是如此。云青的悲剧同时开演了，云青向来对于世界是极乐观的。她目的想做一个完美的教育家，她愿意到乡村的地方——绿山碧水——的所在，召集些乡村的孩子，好好地培植她们，完成甜美的果树，对于露沙那种自寻苦恼的态度，每每表示反对。

这天下午她们都在校园葡萄架下闲谈，同级张君，拿了一封信来，递给露沙，她们都围拢来问："这是谁的信，我们看得吗？"露沙说："这是蔚然的信，有什么看不得的。"她说着因把信撕开，抽出来念道：

露沙君：

不见数月了！我近来很忙，没有写信给你，抱歉得很！你近状如何？念书有得吗？我最近心绪十分恶劣，事事都感到无聊的痛苦，一身一心都觉无所着落，好像黑夜中，独驾扁舟，漂泊于四无涯际，深不见底的大海汪洋里，彷徨到底点了呵！日前所云事，曾否进行，有效否，极盼望早得结果，慰我不定的心。别的再谈。

蔚然

宗莹说："这个人不就是我们上次在公园遇见的吗？……他真有趣，抱着一大捆讲义，睡在椅子上看，……他托你什么事？……露沙！"

露沙沉吟不语，宗莹又追问了一句，露沙说："不相干的事，我们说我们的吧！时候不早，我们也得看点书才对。"这时玲玉和云青正在那唧唧哝哝商量星期六照相的事，宗莹招呼了她们，一齐来到讲堂。玲玉到图书室找书预备做论文，她本要云青陪她去，被露沙拦住说："宗莹也要找书，你们俩何不同去。"玲玉才舍了云青，和宗莹去了。

露沙叫云青道："你来！我有话和你讲。"云青答应着一同出来，她们就在柳荫下，一张凳子上坐下了。露沙说："蔚然的信你看了觉得怎样？"云青怀疑着道："什么怎么样？我不懂你的意思！"露沙说："其实也没有什么！……我说了想你也不至于恼我吧？"云青说："什么事？你快说就是了。"露沙说："他信里说他十分苦闷，你猜为什么？……就是精神无处寄托，打算找个志同道合的女朋友，安慰他灵魂的枯寂！他对于你十分信任，从前和我说过好几次，要我先说，我怕碰钉子，直到如今不曾说过，今天他又来信，苦苦追问，我才说了，我想他的人格，你总信得过，做个朋友，当然不是大问题是不是？"云青听了这话，一时没说什么，沉思了半天说："朋友原来不成问题，……但是不知道我父亲的意思怎样？等我回去问问再说吧！"……露沙想了想答道："也好吧！但希望快点！"她们谈到这里，听见玲玉在讲堂叫她们，便不再往下说，就回到讲堂去。

　　露沙帮着玲玉找出《汉书·艺文志》来，混了些时，玲玉和宗莹都伏案作文章，云青拿着一本《唐诗》，怔怔凝思，露沙叉着手站在玻璃窗口，听柳树上的夏蝉不住声地嘶叫，心里只觉闷闷地，无精打采地坐在书案前，书也懒看，字也懒写。孤云正从外头进来，抚着露沙的肩说："怎么，又犯毛病啦？眼泪汪汪是什么意思呵！"露沙满腔烦闷悲凉，经她一语道破，更禁不住，爽性伏在桌上呜咽起来，玲玉、宗莹和云青都急忙围拢来，安慰她，玲玉再三问她为什么难受，她只是摇头，她实在说不出具体的事情来。这一下午她们四个人都沉闷无言，各人叹息各人的，这种的情形，绝不是头一次了。

　　冬天到了，操场里和校园中没有她们四人的影子了，这时她们的生活只在图书馆或讲堂里，但是图书馆是看书的地方，她们不能谈心，讲堂人又太多，到不得已时，她们就躲在栉沐室里，那里有顶大的洋炉子，她们围炉而谈，毫无妨碍。

　　最近两个星期，露沙对于宗莹的态度，很觉怀疑。宗莹向来是笑容满面，喜欢谈说的；现在却不然了，镇日坐在讲堂，手里拿着笔在一张破纸上，画来画去，有时忽向玲玉说："做人真苦呵！"露沙觉得她这种形态，绝对不是无因。这一天的第二课正好教员请假，露沙因约了宗莹到栉沐室谈心，露沙说："你有什么为难的事吗？"她沉吟了半天说："你怎么知道？"露沙说："自然知道，……你自己不觉得，其实诚于中形于外，无论谁都瞒不了呢！"宗莹低头无言，过了些时，她才对露沙说："我告诉你，但请你守秘密。"露沙说："那自然啦，你说吧！"

　　"我前几个星期回家，我母亲对我说有个青年，要向我求婚，据父亲和母亲的意思，都很欢喜他，他的相貌很漂亮，学问也很好，但只一件他是个官僚。我的志趣你是知道的，和官僚结婚多讨厌呵！而且他的交际极广，难保没有不规则的行动，所以我始终不能决定。我父亲似乎很生气，他说：'现在的女孩子，眼里哪有父母呵，好吧！我也不能强迫你，不过我觉得这是个好机会，我作父亲的有对你留意的责任，你若自己错过了，那就不能怨人，……据我看那青年，实在是不可多得的人才，将来至少也有科长的希望……'，我被他这一番话说得真觉难堪，我当时一夜不曾合眼，我心里只恨为什么这么倒霉？若果始终要为父母牺牲，我何必念书进学校。只过我六七年前小姐式的生活，早晨睡到十一二点起来，看看不相干的闲书，作两首谰调的诗，满肚皮佳人才子的思想，三从四德的观念，那么父母之命，媒妁之言，我自然遵守，也没有什么苦恼了！现在既然进了学校，有了知识，叫我屈伏在这种顽固不化的威势下，怎么办得到！我牺牲一个人不要紧，其奈良心上过不去，你说难不难？……"宗莹说到伤心时，泪珠儿便不断地滴下来。露沙倒弄得没有主意了，只得想法安慰她说："你不用着急，天下没有不爱子女的父母，他绝不忍十分难为你……"

　　宗莹垂泪说："为难的事还多呢！岂止这一件。你知道师旭常常写信给我吗？"露沙诧异道："师旭！是不是那个很胖的青年？"宗莹道："是的。"……"他头一封信怎么写的？"露沙如此地问。宗莹道："他提出一个问题和我讨论，叫我一定须答复，而且还寄来一篇论文叫我看完交回，这是使我不能不回信的原因。"露沙听完，点头叹道："现在的社交，第一步就是以讨论学问为名，那招牌实在是堂皇得很，等你真真和他讨论学问时，他便再进一层，和你讨论人生问题，从人生问题里便渲染上许多愤慨悲抑的感情话，打动了你，然后恋爱问题就可以应运而生了。……简直是作戏，所幸当局的人总是一往情深，不然岂不味同嚼蜡！"宗莹说："什么事不是如此？……做人只得模糊些罢了。"

她们正谈着，玲玉来了，她对她们做出娇痴的样子来，似笑似恼地说："啊哟！两个人像煞有介事，……也不理人家。"说着歪着头看她们笑。

宗莹说："来！来！……我顶爱你！"一边说，一边走，过来拉着她的手。她就坐在宗莹的旁边，将头靠在她的胸前说："你真爱我吗？……真的吗？"……"怎么不真！"宗莹应着便轻轻在她手上吻了一吻。

露沙冷冷地笑道："果然名不虚传，情迷碰到一起就有这么些做作！"玲玉插嘴道："咦！世界上你顶没有爱，一点都不爱人家。"露沙现出很悲凉的形状道："自爱还来不及，说得爱人家吗？"

玲玉有些恼了，两颊绯红说："露沙顶忍心，我要哭了！我要哭了！"说着当真眼圈红了，露沙说："得啦！得啦！和你闹着玩呵！……我纵无情，但对于你总是爱的，好不好？"

玲玉虽是哈哈地笑，眼泪却随着笑声滚了下来。正好云青找到她们处来，玲玉不容她开口，拉着她就走，说，"走吧！去吧！露沙一点不爱人家，还是你好，你永远爱我！"云青只迟疑地说："走吗？……真是的！"又回头对她们笑道："这是怎么回事？……你们不走吗……"宗莹说："你先走好了，我们等等就来。"玲玉走后，宗莹说："玲玉真多情，……我那亲戚若果能娶她，真是福气！"

露沙道："真的！你那亲戚现在怎么样？你这话已对玲玉说过吗？"宗莹说："我那亲戚不久就从美国回来了，玲玉方面我约略说过，大约很有希望吧！""哦！听说你那亲戚从前曾和另外一个女子订婚，有这事吗？"露沙又接着问。宗莹叹道："可不是吗？现在正在离婚，那边执意不肯，将来麻烦的日子还有呢！"

露沙说："这恐怕还不成大问题，……只是玲玉和你的亲戚有否发生感情的可能，倒是个大问题呢？……听说现在玲玉家里正在介绍一个姓胡的，到底也不知什么结果。"宗莹道："慢慢地再说吧！现在已经下堂了。底下一课文学史，我们去听听吧！"她们就走向讲堂去。

她们四个人先后走到成人的世界去了。从前的无忧无愁的环境，一天一天消失。感情的花，已如荼如火地开着，灿烂温馨的色香，使她们迷恋，使她们尝到甜蜜的爱的滋味，同时使她们了解苦恼的意义。

这一年暑假，露沙回到上海去，玲玉回到苏州去，云青和宗莹仍留在北京。她们临别的末一天晚上，约齐了住在学校里，把两张木床合并起来，预备四个人联床谈心。在傍晚的时候，她们在残阳的余辉下，唱着离别的歌儿道：

> 潭水桃花，故人千里，
>
> 离歧默默情深悬，
>
> 两地思量共此心！
>
> 何时重与联襟？
>
> 愿化春波送君来去，
>
> 天涯海角相寻。

歌调苍凉，她们的声音越来越低，直至无声，露沙叹道："十年读书，得来只是烦恼与悲愁，究竟知识误我，我误知识？"云青道："真是无聊！记得我小的时候，看见别人读书，十分羡慕，心想我若能有了知识，不知怎样的快乐，若果知道越有知识，越与世界不相容，我就不当读书自苦了。"宗莹道："谁说不是呢？就拿我个人的生活说吧！我幼年的时候，没有兄弟姊妹，父母十分溺爱，也不许进学校，只请了一个位老学究，教我读《毛诗》《左传》，闲时学作几首诗。一天也不出门，什么是世界我也不知道，觉得除依赖父母过我无忧无虑的生活外，没有一点别的思想，那时在别人或者看我很可惜，甚至于觉得我很可怜，其实我自己倒一点不觉得。后来我有一个亲戚，时常讲些学校的生活及各种常识给我听，不知不觉中把我引到烦恼的路上去，从此觉得自己的生活，样样不对不舒服，千方百计和父母要求进学校。进了学校，人生观完全变了。不容于亲戚，不容于父母，一天一天觉得自己孤独，什么悲愁，什么无聊，逐件发明了。……岂不是知识误我吗？"她们三人的谈话，使玲玉受了极深的刺激，呆呆地站在秋千架旁，一语不发。云青无意中望见，因撇了露沙、宗莹走过来，拊在她的肩上说："你怎样了？……有什么不舒服吗？"玲玉仍是默默无言，摇摇头回过脸去，那眼泪便扑簌簌滚了下来。她们三人打断了话头，拉着她到栉沐室里，替她拭干了泪痕，谈些诙谐的话，才渐渐恢复了原状。

到了晚上，她们四人睡在床上，不住地讲这样说那样，弄到四点多钟才睡着了。第二天下午露沙和玲玉乘京浦的晚车离开北京，宗莹和云青送到车站。当火车头转动时，玲玉已忍不住呜咽起来。露沙生性古怪，她遇到伤心的时候，总是先笑，笑够了，事情过了，她又慢慢回想着独自垂泪。宗莹虽喜言情，但她却不好哭。云青对于什么事，好像都不足动心的样子，这时对着渐去渐远的露沙、玲玉，只是怔怔呆望，直到火车出了正阳门，连影子都不见了，她才微微叹着气回去了。

在这分别的期中，云青有一天接到露沙的一封信说：

云青：

人间譬如一个荷花缸，人类譬如缸里的小虫，无论怎样聪明，也逃不出人间的束缚。回想临别的那天晚上，我们所说的理想生活——海边修一座精致的房子，我和宗莹开了对海的窗户，写伟大的作品；你和玲玉到临海的村里，教那天真的孩子念书，晚上回来，便在海边的草地上吃饭，谈故事，多少快乐——但是我恐怕这话，永久是理想的呵！你知道宗莹已深陷于爱情的漩涡里，玲玉也有爱剑卿的趋势。虽然这都是她们俩的事，至于我们呢？蔚然对于你陷溺极深，我到上海后，见过他几次，觉得他比从前沉闷多了，每每仰天长叹，好像有无限隐忧似的。我屡次问他，虽不曾明说什么，但对于你的渴慕仍不时流露出来。云青！你究竟怎么对付他呢？你向来是理智胜于感情的，其实这也是她们不到的观察，对于蔚然的诚挚，能始终不为所动吗？况且你对于蔚然的人格曾表示相信，那么你所以拒绝他的，岂另有苦衷吗？……

按说我的为人，在学校里，同学都批评我极冷淡寡情，其实人间的虫子，要想作太上的忘情，只是矫情罢了！不过有的人喜欢用情——即世上所谓的多情——有的不喜欢用情，一旦若是用了，更要比多情的深挚得多呢！我相信你不是无情，只是深情，你说是不是？

你前封信曾问我梓青的事，在事实上我没有和他发生爱情的可能，但爱情是没有条件的。外来的桎梏，正未必能防范得住呢。以后的结果，实不可预料，只看上帝的意旨如何罢了。

露沙

云青接到这封信，受了极大的刺激，用了两天两夜的思维，仍不能决定，她只得打电话叫宗莹来商量。宗莹问她对于蔚然本身有无问题，云青答道："我向来没有和男子们交接，我觉得男子可以相信的很少，至于蔚然的人格，我始终信仰，不过我向来理智强于感情，这事的结果，若是很顺当的，那么倒也没什么，若果我父母以为不应当……或者亲戚们有闲话，那我宁可自苦一辈子，报答他的情义，叫我勉强屈就是做不到的。"

宗莹听完这话，沉想些时说："我想你本身若是没有问题，那么就可以示意蔚然，叫他托人对你父母提出，岂不妥当吗？"云青懒懒道："大约也只有这么办了，……唉！真无聊……"她们商量妥当，宗莹也就回去了。

傍晚的时候，兰馨来找云青，谈话之间，便提到露沙。兰馨说："我前几天听见人说，露沙和梓青已发生恋爱了，但梓青已经结婚了，这事将来怎么办呢？"

云青怔怔地看着墙上的风景画出神，歇了半天说："这或者是人们的谣传吧！……我看露沙不至于这么糊涂！"

"咦！你也不要说这话，……固然露沙是极明白，不至于上当，但梓青的婚姻是父母强迫的，本没有爱情可言，他纵对于露沙要求情爱，按真理说并不算大不道；不过社会上一般未免要说闲话罢了。……露沙最近有信吗？"

"有信，对于这事，她也曾说过，但她的主张，怕不至于就会随随便便和梓青结婚吧？她向来主张精神生活的，就是将来发生结婚的事情，也总得有相当的机会。"

"其实她近年来，在社会上已很有发展的机会，还是不结婚好，不然埋没了未免可惜……你写信还是劝她努力吧！"

她们正谈着，一阵电话铃响，原来是孤云找兰馨说话，因打断了她们的话头，兰馨接了电话。孤云要约她公园玩去，她于是辞了云青到公园去。

云青等她走后，便独自坐在廊子底下，默默沉思，觉得："人生真是有限，像露沙那种看得破的人，也不能自拔！宗莹更不用说了……便是自己也不免宛转因物！"云青正在遐想的时候，只见听差走进来说有客来找老爷，云青因急急回避了，到屋里看了几页书，倦上来就收拾睡下。

第二天早晨，云青才起来，她的父亲就叫她去说话，她走进父亲的书房，只见她父亲皱着眉道："你认得赵蔚然吗？"云青听了这话，顿时心跳血涨，嗫嚅半天说："听见过这人的名字。"她父亲点头道："昨天伊秋先生来，还提起他，我觉得这个人太懦弱了，而且相貌也不魁梧。"一边说着，一边看着云青，云青只是低头无言。后来她父亲又道："我对于你的希望很大，你应当努力预备些英文，将来有机会到外国走走才是。"说到这里，才慢慢站起来走了。

云青怔怔望着窗外柳丝出神，觉有无限怅惘的情绪，萦绕心田，因到书案前，伸纸染毫写信给露沙道：

露沙：

前信甫发，接书一慰，因连日心绪无聊，未能即复，抱歉之至！来书以处世多磨，苦海无涯为言，知露沙感喟之深，子固生性豪爽者，读到"雄心壮志早随流水去"之句，令人不忍为设地深思也。"不享物质之幸福，亦不愿受物质之支配。"诚然！但求精神之愉快，闭门读书，固亦云唯一之希望，然岂易言乎？

宗莹与师旭定婚有期矣，闻宗莹因此事，与家庭冲突，曾陪却不少眼泪。究竟何苦来？所谓"有情人都成眷属"亦不过霎时之幻影耳。百年容易，眼见白杨萧萧，荒冢累累，谁能逃此大限？此诚"天下本无事庸人自扰之也。"渠结婚佳期闻在中秋，未知确否，果确，则一时之兴尚望露沙能北来，共与其盛，未知如愿否？

玲玉事仍未能解决，而两方爱情则与日俱增，可怜！有限之精神，怎经如许消磨，玲玉为此事殊苦，不知冥冥之运命将何以处之也！嗟！嗟！造化弄人！

最后一段，欲不言而不得不言，此即蔚然之事，云自幼即受礼教之熏染。及长已成习惯，纵新文化之狂浪，汨没吾顶，亦难洗前此之遗毒，况父母对云又非恶意，云又安忍与抗乎？乃近闻外来传言，又多误会，以为家庭强制，实则云之自身愿为家庭牺牲，付能委责家庭。愿露沙有以正之！至于蔚然处，亦望露沙随时开导，云诚不愿陷人滋深，且愿终始以友谊相重，其他问题都非所愿闻，否则只得从此休矣！

思绪不宁，言失其序，不幸！不幸！不知无常之天道伊于胡底也，此祝健康！

云青

云青写完信后，就到姑妈家找表姊妹们谈话去了。

四

　　露沙由京回到上海以后，和玲玉虽隔得不远，仍是相见苦稀，每天除陪了母亲兄嫂姊妹谈话，就是独坐书斋，看书念诗。这一天十时左右，邮差送信来，一共有五六封，有一封是梓青的信，内中道：

露沙吾友：

　　又一星期不接你的信了！我到家以来，只觉无聊。回想前些日子在京时，我到学校去找你，虽没有一次不是相对无言，但精神上已觉有无限的安慰，现在并此而不能，怅惘何极！

　　上次你的信说，有时想到将来离开了学校生活，而踏进恶浊的社会生活，不禁万事灰心，我现虽未出校，已无事不灰心了！平时有说有笑，只是把灰心的事搁起，什么读书，什么事业，只是于无可奈何中聊以自遣，何尝有真乐趣！——我心的苦，知者无人——然亦未始并不幸中之幸，免得他们更和我格格不入了。

　　我于无意中得交着你，又无意于短时间中交情深刻这步田地！这是我最满意的事，唉！露沙！这的确是我们一线的生机！有无上的价值！

　　说到"人生不幸"，我是以为然而不敢深思的，我们所想望的生活，并不是乌托邦，不可能的生活，都是人生应得的生活；若使我们能够得到应得的生活，虽不能使我们完全满意，聊且满意，于不幸的人生中，我们也就勉强自足了！露沙！我连这一层都不敢想到，更何敢提及根本的"人生不幸"！

　　你近来身体怎样，务望自重，有工夫多来信吧！此祝快乐！

梓青书

　　露沙接到信后，只感到万种凄伤，把那信翻来覆去，看了无数遍，直到能背诵了，她还是不忍收起——这实在是她的常态，她生平喜思量，每逢接到朋友们的来信，总是这种情形——她闷闷不语，最后竟滴下泪来。本想即刻写回信，恰巧蔚然来找，露沙才勉强拭干眼泪，出来相见。

　　这时已是黄昏了，西方的艳阳余晖，正射在玻璃窗上，由玻璃窗反折过来，正照在蔚然的脸上，微红而黑的两颊边，似有泪痕。露沙很奇异地问道："现在怎么样？"蔚然凄然说："不知道为什么，这几天心绪恶劣，要想到西湖，或苏州跑一趟，又苦于走不开，人生真是干燥极了！"露沙只叹了一声，彼此缄默约有五分钟，蔚然才问露沙道："云青有信吗？……我写了三封信去，她都没有回我，不知道怎样，你若写信时，替我问问吧！"露沙说："云青前几天有信来，她曾叫我劝你另外打主意，她恐怕终究叫你失望……她那个人做事十分慎重，很可佩服，不过太把自己牺牲了！……你对她到底怎样呢？"蔚然道："我对于她当然是始终如一，不过这事也并不是勉强得来的，她若不肯，当然作罢，但请她不要以此介意，始终保持从前的友谊好了。"露沙说："是呀！这话我也和她谈过，但是她说为避嫌疑起见，她只得暂时和你疏远，便是书信也拟暂时隔绝，等到你婚事已定后，再和你继续前此友谊……我想云青的心也算苦了，她对于你绝非无情，不过她为了父母的意见，宁可牺牲她的一生幸福……说到这里，我又想起今年春假，云青、玲玉、宗莹、莲裳，我们五个人，在天津住着。有一天夜里，正是月色花影互相厮并，红浪碧波，掩映斗媚。那时候我们坐在日本的神坛的草地上，密谈衷心，也曾提起这话，云青曾说对于你无论如何，终觉抱歉，因为她固执的缘故，不知使你精神上受多少创痕，……但是她也绝非木石，所以如此的原因，不愿受人訾议罢了。后来玲玉就说：这也没有什么訾议，现在比不得从前，婚姻自由本是正理，有什么忌讳呢？云青当时似乎很受了感动，就道：'好吧！我现在也不多管了。叫他去进行，能成也罢，不成也罢！我只能顺事之自然，至于最后的奋斗，我没有如此大魄力——而且闹起来，与家庭及个人都觉得说来不好听……'当日我们的谈话虽仅此而上，但她的态度可算得很明了。我想你如果有决心非她不可，你便可稍缓以待时机。"蔚然点头道："暂且不提好了。"

蔚然走后，玲玉恰好从苏州来，邀露沙明天陪她到吴漆去接剑卿去。露沙就留她住在家里，晚饭后闲谈些时，便睡下了。第二天早晨才五点多钟玲玉就从睡中惊醒，悄悄下了床，梳好了头。这时露沙也起来了，她们都收拾好了，已经到六点半。因乘车到火车站，距开车才有十分钟，忙忙买了车票，幸喜车上还有座位。玲玉脸向车窗坐着，早晨艳阳射在她那淡紫色的衣裙上，娇美无比，衬着她那似笑非笑的双厣，好像浓绿丛中的紫罗兰。露沙对她怔怔望着，好像在那里猜谜似的。玲玉回头问道："你想什么？你这种神情，衬着一身雪般的罗衣，直像那宝塔上的女石像呢！"露沙笑道："算了吧！知道你今天兴头十足，何必打趣我呢？"玲玉被露沙说得不好意思了。仍回过头去，佯为不理。

半点钟过去了，火车已停在吴淞车站。她们下了车，到泊船码头打听，那只美国来的船，还有两三个钟头才进口。她们便在海边的长堤上坐下，那堤上长满了碧绿的青草。海涛怒啸，绿浪澎湃，但四面寂寥。除了草底的鸣蛩，抑抑悲歌外，再没有其他的音响和怒浪骇涛相应和了。

两点多钟以后，她们又回到码头上。只见许多接客的人，已挤满了，再往海面一看，远远的一只海船，开着慢车冉冉而来。玲玉叫道："船到了！船到了！"她们往前挤了半天。才站了一个地位，又等半天，那船才拢了岸。鼓掌的欢声和呼唤的笑声，立刻充溢空际。玲玉只怔怔向船上望着，望来望去终不见剑卿的影子，十分彷徨。只等到许多人都下了船，才见剑卿提着小皮包，急急下船来。玲玉走向前去，轻轻叫道："陈先生！"剑卿忙放下提包，握着玲玉的手道："哦！玲玉！我真快活极了！你几时来的？那一位是你的朋友吗？……"玲玉说："是的！让我给你介绍介绍，"因回过头对露沙道："这位是陈剑卿先生。"又向陈先生道："这位是露沙女士。"彼此相见过，便到火车站上等车。玲玉问道："陈先生的行李都安置了吗？"剑卿道："已都托付一个朋友了，我们便可一直到上海畅谈竟日呢！"玲玉默默无言，低头含笑，把一块绢帕叠来叠去。露沙只听剑卿缕述欧美的风俗人情。不久到了上海，露沙托故走了，玲玉和剑卿到半淞园去。到了晚上，玲玉仍回到露沙家时，住了一夜，第二天早上就回苏州。

过了几天，玲玉寄来一封信，邀露沙北上。这时候已经是八月的天气，风凉露冷，黄花遍地，她们乘八月初三早车北上。在路上玲玉告诉露沙，这次剑卿向她求婚，已经不能再坚执了。现在已双方求家庭的通过，露沙因问她剑卿离婚的手续已办没有。玲玉说："据剑卿说，已不成问题，因为那个女子已经有信应允他。不过她的家人故意为难，但婚姻本是两方同意的结合，岂容第三者出来勉强，并且那个女子已经到英国留学去了。……不过我总觉得有些对不住那个女子罢了！"

露沙沉吟道："你倒没什么对不住她。不过剑卿据什么条件一定要和这女子离婚呢？"玲玉道："因为他们订婚的时候，并不是直接的，其间曾经第三者的介绍，而那个介绍人又不忠实，后来被剑卿知道了，当时气得要死，立刻写信回家，要求家里替他离婚，而他的家庭很顽固，去信责备了他一顿，他想来想去没有办法，只有自己出马，当时写了一封信给那个女子，陈说利害。那个女子倒也明白，很爽快就答应了他，并且写了一封信给她的家人，意思是说，婚姻大事，本应由两个男女，自己做主，父母所不能强逼，现在剑卿既觉得和她不对，当然中他离异等语。不过她的家人，十分不快，一定不肯把订婚的凭证退还，所以前此剑卿向我求婚，我都不肯答应。……但是这次他再三地哀求，我真无法了，只得答应了他。好在我们都有事业的安慰，对于这些事都可随便。"露沙点头道："人世的祸福正不可定，能游戏人间也未尝不是上策呢？"

　　玲玉同露沙到北京之后，就在中学里担任些钟点，这时她们已经都毕业了。云青、宗莹、露沙、玲玉都在北京，只有莲裳到天津女学校教书去了。莲裳在天津认识了一个姓张的青年，不久他们便发生了恋爱，在今年十月十号结婚，她们因约齐一同到天津去参与盛典。

　　莲裳随遇而安的天性，所以无论处什么环境，她都觉得很快活。结婚这一天，她穿着天边彩霞织就的裙衫，披着秋天白云网成的软绡，手里捧着满蓄着爱情的玫瑰花，低眉凝容，站在礼堂的中间。男女来宾有的啧啧赞好，有的批评她的衣饰。只有玲玉、宗莹、云青、露沙四个人，站在莲裳的身旁，默默无言。仿佛莲裳是胜利者的所有品，现在已被胜利者从她们手里夺去一般，从此以后，往事便都不堪回忆！海滨的联袂情影，现在已少了一个。月夜的花魂不能再听见她们五个人一齐的歌声。她们越思量越伤心，露沙更觉不能支持，不到婚礼完她便悄悄地走了，回到旅馆里伤感了半天，直至玲玉她们回来了，她兀自泪痕不干，到第二天清早便都回到北京了。

　　从天津回来以后，露沙的态度，再见消沉了。终日闷闷不语，玲玉和云青常常劝她到公园散心去，露沙只是摇头拒绝。人们每提到宗莹，她便泪盈眼帘，凄楚万状！有一天晚上，月色如水，幽景绝胜，云青打电话邀她家里谈话，她勉强打起精神，坐了车子，不到一刻钟就到了。这时云青正在她家土山上一块云母石上坐着，露沙因也上了山，并肩坐在那块长方石上。云青说：

"今夜月色真好，本打算约玲玉、宗莹我们四个人，清谈竟夜，可恨剑卿和师旭把她们俩伴住了不能来——想想朋友真没交头，起初情感浓挚，真是相依为命，到了结果，一个一个都风流云散了，回想往事，只恨多余！怪不得我妹妹常笑我傻。我真是太相信人了！"露沙说："世界上的事情，本来不过尔尔，相信人，结果固然不免孤零之苦，就是不相信人，何尝不是依然感到世界的孤寂呢？总而言之，求安慰于善变化的人类，终是不可靠的，我们还是早些觉悟，求慰于自己吧！"露沙说完不禁心酸，对月怔望，云青也觉得十分凄楚，歇了半天，才叹道："从前玲玉老对我说：同性的爱和异性的爱是没有分别的，那时我曾驳她这话不对，她还气得哭了，现在怎么样呢？"露沙说："何止玲玉如此？便是宗莹最近还有信对我说：'十年以后同退隐于西子湖畔'呢！那一句是可能的话，若果都相信她们的话，我们的后路只有失望而自杀罢了！"

她们直谈到夜深更静，仍不想睡。后来云青的母亲出来招呼她们去睡，她们才勉强进去睡了。

露沙从失望的经验里，得到更孤僻的念头，便是对于最信仰的梓青，也觉淡漠多了。这一天正是星期六，七点多钟的时候，梓青打电话来邀她看电影，她竟拒绝不去，梓青觉得她的态度就很奇怪。当时没说什么，第二天来了一封信道：

露沙：

我在世界上永远是孤零的呵！人类真正太惨刻了！任我流涸

了泪泉，任我粉碎了心肝，也没有一个人肯为我叫一声可怜！更没有人为我洒一滴半滴的同情之泪！便是我向日视为一线的光明，眼见得也是暗淡无光了！唉！露沙！若果你肯明明白白告诉我说："前头没有路了！"那么我决不再向前多走一步，任这一钱不值的躯壳，随万丈飞瀑而去也好；并颓岩而同堕于千仞之深渊也好；到那时我一切顾不得了。就是残苛的人类，打着得胜鼓宣布凯旋，我也只得任他了……唉！心乱不能更续，顺祝康健！

梓青

露沙看完这封信，心里就像万弩齐发，痛不可忍，伏在枕上呜咽悲哭，一面自恨自己太怯弱了！人世的谜始终打不破，一面又觉得对不住梓青，使他伤感到这步田地，智情交战，苦苦不休，但她天性本富于感情，至于平日故为旷达的主张，只不过一种无可如何的呻吟。到了这种关头，自然仍要为情所胜了，况她生平主张精神的生活。她有一次给莲裳一封信，里头有一段说：

"许多聪明人，都劝我说：'以你的地位和能力，在社会上很有发展的机会，为什么作茧自束呢？'这话出于好意者的口里，我当然是感激他，但是一方我却不能不怪他，太不谅人了！……如果人类生活在世界上，只有吃饭穿衣服两件事，那么我早就葬身狂浪怒涛里了，岂有今日？……我觉得宛转因物，为世所称倒不如行我所适，永垂骂名呢？干枯的世界，除了精神上，不可制止情的慰安外，还有别的可滋生趣吗？……"

露沙的志趣，既然是如此，那么对于梓青十二分恳挚的态度，能不动心吗？当时拭干了泪痕，忙写了一封信，安慰梓青道：

梓青：

　　你的来信，使我不忍卒读！我自己已是世界上最不幸的人了！何忍再拉你同入漩涡？所以我几次三番，想使你觉悟，舍了这九死一生的前途，另找生路，谁知你竟误会我的意思，说出那些痛心话来！唉！我真无以对你呵！

　　我也知道世界最可宝贵，就是能彼此谅解的知己，我在世上混了二十余年，不遇见你，固然是遗憾千古，既遇见你，也未尝不是凤孽呢？……其实我生平是讲精神生活的，形迹的关系有无，都不成问题，不过世人太苛毒了！对于我们这种的行径，排斥不遗余力，以为这便是大逆不道，含沙射影，使人难堪，而我们又都是好强的人，谁能忍此？因而我的态度常常若离若即，并非对你信不过，谁知竟使你增无限苦楚。唉！我除向你诚恳地求恕外，还有什么话可说！愿你自己保重吧！何苦自戕过甚呢？祝你精神愉快！

露沙

　　梓青接到信后，又到学校去会露沙，见面时，露沙忽触起前情，不禁心酸，泪水几滴了下来，但怕梓青看见，故意转过脸去，忍了半天，才慢慢抬起头来。梓青见了这种神情，也觉十分凄楚，因此相对默默，一刻钟里一句话也没有。后来还是露沙问道："你才从家里来吗？这几天蔚然有信没有？"梓青答道：

"我今天一早就出门找人去了，此刻从于农那里来，蔚然有信给于农，我这里有两三个礼拜没接到他的信了。"露沙又问道："蔚然的信说些什么？"梓青道："听于农说，蔚然前两个星期，接到云青的信，拒绝他的要求后，苦闷到极点了，每天只是拼命地喝酒。醉后必痛哭，事情更是不能做，而他的家里，因为只有他一个独子，很希望早些结婚，因催促他向他方面进行，究竟怎么样还说不定呢！不过他精神的创伤也就够了。……云青那方面，你不能再想法疏通吗？"

"这事真有些难办，云青又何尝不苦痛？但她宁愿眼泪向心里流，也绝不肯和父母说一句硬话。至于她的父母又不会十分了解她，以为她既不提起，自然并不是非蔚然不嫁。那么拿一般的眼光，来衡量蔚然这种没有权术的人，自难入他们的眼，又怎么知道云青对他的人格十分信仰呢？我见这事，蔚然能放下，仍是放下吧！人寿几何？容得多少磨折？"

梓青听见露沙的一席话，点头道："其实云青也太懦弱了！她若肯稍微奋斗一点，这事自可成功……如果她是坚持不肯，我想还劝蔚然另外想法子吧！不然怎么了呢？"说到这里，便停顿住了，后来梓青又向露沙说："……你的信我还没复你，……都是我对不住你，请你不要再想吧！"说到这里眼圈又红了。露沙说："不必再提了，总之不是冤家不对头！……你明天若有工夫，打电话给我，我们或者出去玩，免得闷着难受。"梓青道："好！我明天打电话给你，现在不早了，我就走吧。"说着站起来走了。露沙送他到门口，又回学校看书去了。

　　宗莹本来打算在中秋节结婚，因为预备来不及，现在改在年底了。而师旭信仿佛是急不可待，每日下午都在宗莹家里直谈到晚上十点，才肯回去，有时和宗莹携手于公园的苍松荫下，有时联舞于北京饭店跳舞场里，早把露沙和云青诸人丢在脑后了。有时遇到，宗莹必缕缕述说某某夫人请宴会，某某先生请看电影，简直忙极了，把昔日所谈的求学著书的话，一概收起。露沙见了她这种情形，更觉格格不入。有时觉得实在忍不住了，因苦笑对宗莹说："我希望你在快乐的时候，不要忘了你的前途吧！"宗莹听了这话，似乎很能感动她。但她确不肯认她自己的行动是改了前态，她必定说："我每天下午还要念两点钟英文呢！"露沙不愿多说，不过对于宗莹的情感，一天淡似一天，从前一刻不离的态度，现在竟弄到两三个星期不见面，纵见了面也是相对默默，甚至于更引起露沙的伤感。

　　宗莹结婚的上一天晚上，露沙在她家里住下，宗莹自己绣了一对枕头，还差一点不曾完工，露沙本不喜欢作这种琐碎的事，但因为宗莹的缘故，努力替她绣了两个玫瑰花瓣。这一夜她们家里的人忙极了，并且还来了许多亲戚，来看她试妆的，露沙嫌烦，一个人坐在她父亲的书房，替她作枕头。后来她父亲走了进来，和她谈话之间，曾叹道："宗莹真没福气呵！我替她找一个很好的丈夫她不要，唉！若果你们学校的人，有和那个姓祝的结婚，真是幸福！不但学问好，而且手腕极灵敏，将来一定可以大阔的。……他待宗莹也不算薄了，谁知宗莹竟看不上他！"露沙不好回答什么，只是含笑唯诺而已。等了些时她父亲出去了，宗莹打发老妈子来请露沙吃饭。露沙放下针线，随老妈子到了堂房，许多艳装丽服的女客，早都坐在那里，露沙对大家微微点头招呼了，便和宗莹坐一处。这时宗莹收拾得额覆鬈发，凸凹如水上波纹，耳垂明珰，灿烂与灯光争耀，身上穿着玫瑰紫的缎袍，手上戴着订婚的钻石戒指，锐光四射。

露沙对她不住地端相，觉得宗莹变了一个人。从前在学校时，仿佛是水上沙鸥，活泼清爽。今天却像笼里鹦鹉，毫无生气，板板地坐在那里，任人凝视，任人取笑，她只低眉默默，陪着那些钗光鬈影的女客们吃完饭。她母亲来替她把结婚时要穿的礼服，一齐换上。祖宗神位前面点起香烛，铺上一块大红毡子。叫人扶着宗莹向上叩了三个头。后来她的姑母们，又把她父母请出来，宗莹也照样叩了三个头。其余别的亲戚们也都依次拜过。又把她扶到屋里坐着。露沙看了这种情形，好像宗莹明天就是另外一个人了，从前的宗莹已经告一结束，又见她的父母都凄凄悲伤，更禁不住心酸，但人前不好落泪，仍旧独自跑到书房去，痛痛快快流了半天眼泪。后来客人都散了，宗莹来找她去睡觉。她走进屋子，一言不发，忙忙脱了外头衣服，上床脸向里睡下。宗莹此时也觉得有些凄惶，也是一言不发地睡下，其实各有各的心事，这一夜何曾睡得着。

第二天天才朦胧，露沙回过脸来，看见宗莹已醒。她似醉非醉，似哭非哭地道："宗莹！从此大事定了！"说着涕泪交流。宗莹也觉得从此大事定了的一句话，十分伤心，不免伏枕呜咽。唇来还是露沙怕宗莹的母亲忌讳，忙忙劝住宗莹。到七点钟大家全都起来了，忙忙地收拾这个，寻找那个，乱个不休。到十二点钟，迎亲的军乐已经来了，那种悲壮的声调，更觉得人肝肠裂碎。露沙等宗莹都装饰好了，握着她的手说："宗莹！愿你前途如意！我现在回去了，礼堂上没有什么意思，我打算不去，等过两天我再来看你吧！"宗莹只低低应了一声，眼圈已经红润了，露沙不敢回头，一直走了。

露沙回到家里，恹恹似病，饮食不进，闷闷睡了两天。有一天早起家里忽来一纸电报，说她母亲病重，叫她即刻回去。露沙拿着电报，又急又怕，全身的血脉，差不多都凝住了，只觉寒战难禁。打算立刻就走，但火车已开过了，只得等第二天的早车。但这一下半天的光阴，真比一年还难挨。盼来盼去，太阳总不离树梢头，再一想这两天一夜的旅程，不独凄寂难当，更怕赶不上与慈母一面，疑怕到这里，心头阵阵酸楚，早知如此，今年就不当北来？

好容易到了黄昏。宗莹和云青都闻信来安慰她，不过人到真正忧伤的时候，安慰决不生效果，并且相形之下，更触起自己的伤心来。

夜深了，她们都回去，露沙独自睡在床上，思前想后，记得她这次离家时，母亲十分不愿意，临走的那天早起，还亲自替她收拾东西，叮嘱她早些回来，——如果有意外之变，将怎样？她越思量越凄楚！整整哭了一夜，第二天早起，匆匆上了火车。莲裳这时也在北京，她到车站送她，莲裳惝然的神情，使露沙陡怀起，距此两年前，那天正是夜月如水的时候，她到莲裳家里，问候她母亲的病，谁知那时她母亲正断了气。

莲裳投在她怀里，哀哀地哭道："我从今以后没有母亲了！"呵！那时的凄苦，已足使她泪落声咽。今若不幸，也遭此境遇，将怎么办？觉得自己的身世真是可怜，七岁时死了父亲，全靠阿母保育教养。有缺憾的生命树，才能长成到如今，现在不幸的消息，又临到头上。……若果再没有母亲，伶仃的身世，还有什么勇气和生命的阻碍争斗呢？她越想越可怕，禁不住握着莲裳的手，呜咽痛哭。莲裳见景伤情，也不免怀母陪泪，但她还极诚挚地安慰她说："你不要伤心，伯母的病或者等你到家已经好了，也说不定……并且这一路上，你独自一个，更须自己保重，倘若急出病来，岂不更使伯母悬心吗？"露沙这时却不过莲裳的情，遂极力忍住悲声。

后来云青和永诚表妹都来了。露沙见了她们，更由不得伤心，想每回南旋的时候，虽说和她们总不免有惜别的意思，但因抱着极大的希望——依依于阿母时下，同兄嫂妹妹等围绕于阿母膝前如何的快活，自然便把离愁淡忘了，旅程也不觉凄苦了。但这一次回去，她总觉得前途极可怕，恨不得立时飞到阿母面前。而那可恨的火车，偏偏迟迟不开，等了好久，才听铃响，送客的人纷纷下车，宗莹、莲裳她们也都和她握手言别，她更觉自己伶仃得可怜，不免又流下泪来。

在车上只是昏昏恹恹，好容易盼到天黑，又盼天亮，念到阿母病重，就如堕身深渊，浑身起栗，泪落不止。

不久车子到了江边，她独自下了车，只觉浑身疲软，飘飘忽忽上了渡船。在江里时，江风尖利，她的神志略觉清爽，但望着那奔腾的江浪，只觉到自己前途的孤零和惊怕，唉！上帝！若果这时明白指示她母亲已经不在人间了，她一定要借着这海浪缀成的天梯，去寻她母亲去……

过了江，上了沪宁车，再有六七个钟头到家了，心里似乎有些希望，但是惊惧的程度，更加甚了，她想她到家时，或者阿母已经不能说话了，她心里要怎样的难受？……但她又想上帝或不至如此绝人——病是很平常的事，何至于一病不起呢？

那天的车偏偏又误点了，到上海已经十二点半钟，她急急坐上车奔回家去。离家门不远了，而急迫和忧疑的程度，也逐层加增，只有极力嘘气，使她的呼吸不至壅塞。车子将转弯了，家门可以遥遥望见，母亲所住的屋子，楼窗紧闭，灯火全熄，再一看那两扇黑门上，糊着雪白的丧纸。她这时一惊，只见眼前一黑，便昏晕在车上了，过了五分钟才清醒过来。等不得开门，她已失声痛哭了。等到哥哥出来开门时，麻衣如雪，涕泪交下，她无力地扑在灵前，哀哀唤母，但是桐棺三寸，已隔人天。露沙在灵前哭了一夜，第二天更不支，竟寒热交作卧病一星期，才渐渐好了。

露沙在母亲的灵前守了一个月，每天对着阿母的遗照痛哭，朋友们来函劝慰，更提起她的伤心。她想她自己现在更没牵挂了，把从前朋友们写的信，都从书箱里拿出来，一封封看过，然后点起一把火烧了。觉得眼前空明，心底干净。并且决心任造物的播弄，对于身体毫不保重，生死的关头，已经打破。有一天夜里她梦见她的母亲来了，仿佛记起她母亲已死，痛哭起来，自己从梦中惊醒。掀开帐子一看，星月依稀，四境凄寂，悄悄下了

床，把电灯燃起，对着母亲的照像又痛哭了一场。然后含泪写了
一封信给梓青道：

梓青：

可怜无父之儿复抱丧母之恨，苍天何极，绝人至此——清夜
挑灯，血泪沾襟矣！

人生朝露，而忧患偏多，自念身世，怆怀无限，阿母死后，
益少生趣。沙非敢与造物者抗，似雨后梨花，不禁摧残，后此作
何结局，殊不可知耳！

目下丧事已楚，友辈频速北上，沙亦不愿久居此地，盖触景
伤情，悲愁益不胜也！梓青来函，责以大义，高谊可感。唯沙经
此折磨，灰冷之心，有无复燃之望，实不敢必。此后惟飘泊天
涯，消沉以终身，谁复有心与利禄征逐，随世俗浮沉哉，望梓青
勿复念我，好自努力可也。

沙已决明旦行矣。申江云树，不堪回首，嗟乎？冥冥天道，
安可论哉？……

露沙

露沙写完信后，天已发亮。因把行李略略检楚，她的哥哥妹
妹都到车站送她。临行凄凉，较昔更甚，大家洒泪而别。露沙到
京时，云青曾到车站接她，并且告诉她，宗莹结婚后不到一个
月，便患重病，现在住在医院里。露沙觉得人生真太无聊了！黄
金时代已过，现在好像秋后草木，只有飘零罢了？

玲玉这时在上海，来信说半年以内就要结婚，露沙接信后，不像前此对于宗莹、莲裳那种动心了，只是淡淡写了一封贺她成功的信。这时露沙昔日的朋友，一个个都星散了。北京只剩了一个云青和久病的宗莹，至于孤云和兰馨，虽也在北京，但露沙轻易不和她们见面，所以她最近的生活，除了每天到学校里上课外，回来只有昏睡。她这时住在舅舅家里，表妹们看见她这样，都觉得很可忧的。想尽种种方法，来安慰她，不但不能止她的愁，而且每一提起，她更要痛哭。她的表妹知道她和梓青极好，恐怕能安慰她的只是他了，因给梓青写了一封信道：

梓青先生：

我很冒昧给你写信，你一定很奇怪吧？你知道我表姊近来的状况怎样吗？她自从我姑母死后，更比从前沉默了！每天的枕头上的泪痕，总是不干的，我们再三地劝慰，终无益于事，而她的身体本来不好，哪经得起此种的殷忧呢？你是她很好的朋友，能不能想个法子安慰她？我盼望你早些北来，或者可稍然她的悲怀！

我们一家人，都为她担忧，因为她向来对于人世，多抱悲观，今更经此大故，难保没有意外的事情发生。……要说起她，也实在可怜，她自幼所遇见的事，已经很使她感觉世界的冷苛，现在母亲又弃她而去，一个人四海飘泊，再有勇气的人，也不禁要志馁心灰呵！你有方法转移她的人生观吗？盼望得很，再谈吧！此祝康乐！

露沙的表妹上

　　露沙这一天早起，觉得头脑十分沉闷，因走到院子里站了半响，才要到屋里去梳头，听差的忽进来告诉她说，有一个姓朱的来访。她想了半天，不知道是谁，走到客厅，看见一个女子，面上微麻，但神情眼熟得很，好像见过似的，凝视了半天，才骇然问道："你是心悟吗？我们三年多不见了！……你从哪里来？前些日子竹荪有信来，说你去年出天花，很危险，现在都康全了？"心悟惝然道："人事真不可料，我想不到活到二十几岁，还免不了出这场天灾，我早想写信给你，但我自病后心情灰冷，每逢提笔写信，就要触动我的伤感。人们都以为我病好了，来称贺我！其实能在那时死了，比这样活着强得多呢！"露沙说："灾病是人生难免的，好了自然值得称贺，你为什么说出这种短气的话来？"心悟被露沙这么一问，仿佛受了极大的刺激般，低头哽咽，歇了半天，她才说："我这病已经断送了我梦想的前途，还有什么生趣？"露沙不明白她的意思，只为不过她一时的感触，不愿多说，因用别的话叉开，谈了些江浙的风俗，心悟也就走了。

　　过了几天，兰馨来谈，忽问露沙说："你知道你朋友朱心悟已经解除婚约了吗？"露沙惊道："这是怎么一回事，怪道那天她那样情形呢！"兰馨因问什么情形，露沙把当日的谈话告诉她。兰馨叹道："做人真是苦多乐少，像心悟那样好的人，竟落到这步田地？真算可怜！心悟前年和一个青年叫王文义的订婚，两个人感情极好，已经结婚有期，不幸心悟忽然出起天花来，病势十分沉重，直病了四个多月才好。好了之后脸上便落了许多麻点，其实这也算不得什么，偏偏心悟古怪心肠，她说：'男子娶妻，没一个不讲究容貌的，王文义当日再三向她求婚，也不过因爱她的貌，现在貌既残缺，还有什么可说，王文义纵不好意思，提出退婚的话，而他的家人已经有闲话了。与其结婚后使王文义不满意，倒不如先自己退婚呢！'心悟这种的主张发表后，她的哥哥曾劝止她，无奈她执意不肯，无法只得照她的话办了。王文义起初也不肯答应，后来经不起家人的劝告，也就答应了。离婚之后心悟虽然达到目的，但从此她便存心逃世，现在她哥哥姊妹们都极力劝她。将来怎么样，还说不定呢！"兰馨说完了，露沙道："怎么年来竟是这些使人伤心的消息呵！心悟从前和我在中学同校时，是个极活泼勇进的人，现在只落得这种结果，唉！前途茫茫，怎能不使人望而生畏！"不久兰馨走了。露沙正要去看心悟，邮差忽送来一封信，是梓青寄的。她拆开看道：

露沙，露沙：

你真忍决心自戕吗？固然世界上的人都是残忍的，但是你要想到被造物所播弄的，不止你一个人呵，你纵不爱惜自己，也当为那同病的人，稍留余地！你若绝决而去，那同病者岂不更感孤零吗？

露沙！我唯有自恨自伤，没有能力使你减少悲怀，但是你曾应许我做你唯一的知己，那么你到极悲痛的时候，也应为我设想，若果你竟自绝其生路，我的良心当受何种酷责？唉！露沙！在形式上，我固没有资格来把你孤寂的生活，变热闹了。而在精神上，我极诚恳地求你容纳我，把我火热的心魂，伴着你萧条空漠的心田，使她开出灿烂生趣的花，我纵因此而受任何苦楚，都不觉悔的。露沙！你应允我吧！

我到京已两日，但事忙不能立时来会你，明天下午我一定到你家里来，请你不要出去。别的面谈，祝你快活！

梓青

露沙看过信后，不免又伤感了一番，但觉得梓青待她十分诚恳，心里安慰许多。第二天梓青来看她，又劝她好些话，并拉她到公园散步，露沙十分感激他，因对梓青道："我此后的几月，只是为你而生！"梓青极受感动，一方面觉得露沙引自己为知己，是极荣幸的，但一方面想到那不如意的婚姻，又万感丛集，明知若无这层阻碍，向露沙求婚，一定可操左券，现在竟不能。有一次他曾向露沙微露要和他妻子离婚的意思，露沙凄然劝道："身为女子，已经不幸！若再被人离弃，还有生路吗？况且因为我的缘故，我更何心？所谓我虽不杀伯仁，伯仁由我而死，不但我自己的良心无以自容，就是你也有些过不去，……不过我们相知相谅，到这步田地，申言绝交，自然是矫情。好在我生平主张精神生活，我们虽无形式的结合，而两心相印，已可得到不少安慰。况且我是劫后余灰，绝无心情，因结婚而委身他人，若果天不绝我们，我们能因相爱之故，在人类海里，翻起一堆巨浪，也就足以自豪了！"梓青听了这话，虽极相信露沙是出于真诚，但总觉得是美中不足，仍不免时时怅惘。

过了几个月，蔚然从上海寄来一张红帖，说他已与某女士订婚了。这帖子一共是两张，一张是请她转寄给云青的，云青接到帖子以后，曾作了一首诗贺蔚然道：

> 燕语莺歌，
> 不是赞美春光娇好，
> 是贺你们好事成功了！
> 祝你们前途如花之灿烂！
> 谢你们释了我的重担！

云青自得到蔚然订婚消息后，转比从前觉得安适了，每天努力读书，闲的时候，就陪着母亲谈话，或教弟妹识字，一切的交游都谢绝了，便是露沙也不常见。有时到医院看看宗莹的病，宗莹病后，不但身体屡弱，精神更加萎靡，她曾对露沙说："我病若好了，一定极力行乐，人寿几何？并且像我这场大病，不死也是侥幸！还有什么心和世奋斗呢？"露沙见她这种消沉，虽有凄楚，也没什么话可说。

过了半年宗莹病虽好了，但已生了一个小孩子，更不能出来服务了，这时云青全家要回南。云青在北京读书，本可不回去，但因她的弟妹都在外国求学，母亲在家无人侍奉，所以她决计回去。当临走的前一天，露沙约她在公园话别。她们到公园时才七点钟，露沙拣了海棠荫下的一个茶座，邀云青坐下。这时园里游人稀少，晨气清新，一个小女娃，披着满肩柔发，穿着一件洋式水红色的衣服，露出两个雪白的膝盖，沿着荷池，跑来跑去，后来蹲在草地上，采了一大堆狗尾巴草，随身坐在碧绿的草上，低头凝神编玩意。露沙对着她怔怔出神，云青也仰头向天上之行云望着，如此静默了好久，云青才说："今天兰馨原也说来的，怎么还不见到？"露沙说："时候还早，再等些时大概就来了。……我们先谈我们的吧！"云青道："我这次回去以后，不知我们什么时候再见呢？"

露沙说："我总希望你暑假后再来！不然你一个人回到孤僻的家乡，固然可以远世虑，但生气未免太消沉了！"云青凄然道："反正做人是消磨岁月，北京的政局如此，学校的生活也是不安定，而且世途多难，我们又不惯与人征逐，倒不如回到乡下，还可以享一点清闲之福。闭门读书也未尝不是人生乐事！"她说到这里，忽然顿住，想了一想又问露沙道："你此后的计划怎样？"露沙道："我想这一年以内，大约还是不离北京，一方面仍理我教员的生涯，一方面还想念点书，一年以后若有机会，打算到瑞士走走。总而言之，我现在是赤条条无牵挂了。做得好呢，无妨继续下去；不好呢，到无路可走的时候，碧玉宫中，就是我的归局了。"

云青听了这话，露出很悲凉的神气叹道："真想不到人事变幻到如此地步，两年前我们都是活泼极的小孩子，现在嫁的嫁，走的走，再想一同在海边上游乐，真是做梦。现在莲裳、玲玉、宗莹都已有结果，我们前途茫茫，还不知如何呢？……我大约总是为家庭牺牲了。"露沙插言道："还不至如是吧！你纵有这心，你家人也未必容你如此。"云青道："那倒不成问题，只要我不点头，他们也不能把我怎样。"露沙道："人生行乐罢了，也何必过于自苦！"云青道："我并不是自苦……不过我既已经过一番磨折，对于情爱的路途，已觉可怕，还有什么兴趣再另外作起？……昨天我到叔叔家里，他曾劝我研究佛经，我觉得很好，将来回家乡后，一切交游都把它谢绝，只一心一意读书自娱，至于外面的事，一概不愿闻问。若果你们到南方的时候，有兴来找我，我们便可在堤边垂钓，月下吹箫，享受清雅的乐趣，若有兴致，做些诗歌，不求人知，只图自娱。至于对社会的贡献，也只看机会许我否，一时尚且不能决定。"

　　她们正谈到这里，兰馨来了，大家又重新入座，兰馨说："我今天早起有些头昏，所以来迟！你们谈些什么？"云青说："反正不过说些牢骚悲抑的话。"兰馨道："本来世界上就没有不牢骚的人，何怪人们爱说牢骚话！……但是我比你们更牢骚呢！你知道吗？我昨天又和孤云生了一大场气。孤云的脾气可算古怪透了。幸亏是我的性子，能处处俯就她，才能维持这三年半的交谊，若是遇见露沙，恐怕早就和她绝交了！"云青道："你们昨天到底为什么事生气呢？"兰馨叹道："提起来又可笑又可气，昨天我有一个亲戚，从南边来，我请他到馆子吃饭。我就打电话邀孤云来，因为我这亲戚，和孤云家里也有来往，并且孤云上次回南时也曾会过他，所以我就邀她。谁知她在电话里冷冷地道：'我一个人不高兴跑那么远去。'其实她家住在东城，到西城也并不远，不过半点钟就到了！——我就说：'那么我来找你一同去吧！'她也就答应了。后来我巴巴从西城跑到东城，陪她一齐来，我待她也就没什么对不住她了。谁知我到了她家，她仍是做出十分不耐烦的样子说：'这怪热的天我真懒出去。'我说：'今天还不大热，好在路并不十分远，一刻就到了。'她听了这话才和我一同走了。到了饭馆，她只低头看她的小说，问她吃什么菜，她皱着眉头道：'随便你们挑吧。'那么我就挑了。吃完饭后，我们约好一齐到公园去。到了公园我们正在谈笑，她忽然板起脸来说：'我不耐烦在这里老坐着，我要回去，你们在这里畅谈吧！'说完就立刻嚷着'洋车！洋车！'我那亲戚看见她这副神气，很不好过，就说：'时候也不早了，我们一齐回去吧。'孤云说：'不必！你们谈得这么高兴，何必也回去呢？'我当时心里十分难过，觉得很对不住我那亲戚，使人家如此难堪！……一面又觉得我真不值！我自和她交往以来，不知赔却多少小心！在我不过觉得朋友要好，就当全始全终……并且我的脾气，和人好了，就不愿和人坏，她一点不肯原谅我，我想想真是痛心！当时我不好发作，只得忍气吞声，把她招呼上车，别了我那亲戚，回学校去。这一夜我简直不曾睡觉，想起来就觉伤心，"她说到这里，又对露沙说："我真信你说的话，求人谅解是不容易的事！我为她不知精神受多少痛楚呢！"

云青道："想不到孤云竟怪僻到这步田地。"露沙道："其实这种朋友绝交了也罢！……一个人最难堪的是强不合而为合，你们这种的勉强维持，两方都感苦痛，究竟何苦来？"

兰馨沉思半天道："我从此也要学露沙了！……不管人们怎

么样，我只求我心之所适，再不轻易交朋友了。云青走后可谈的人，除了你（向露沙说）也没有别人，我倒要关起门来，求慰安于文字中。与人们交接，真是苦多乐少呢！"云青道："世事本来是如此，无论什么事，想到究竟都是没意思的。"

她们说到这里，看看时候已不早，因一齐到来今雨轩吃饭。饭后云青回家，收拾行装，露沙、兰馨和她约好了，第二天下午三点钟车站见面，也就回去了。

云青走后，露沙更觉得无聊，幸喜这时梓青尚在北京，到苦闷时，或者打电话约他来谈，或者一同出去看电影。这时学校已放了暑假，露沙更闲了，和梓青见面的机会很多，外面好造谣言的人，就说她和梓青不久要结婚，并且说露沙的前途很危险，这话传到露沙耳里，十分不快，因写一封信给梓青说：

梓青：

　　吾辈夙以坦白自勉，结果竟为人所疑，黑白倒置，能无怅怅！其实此未始非我辈自苦，何必过尊重不负责任之人言，使彼喜含毒喷人者，得逞其伎俩，弄其狡狯哉？

　　沙履世未久，而怀惧已深！觉人心险恶，甚于蛇蝎！地球虽大，竟无我辈容身之地，欲求自全，只有去此浊世，同归于极乐世界耳！唉！伤哉！

　　沙连日心绪恶劣，盖人言啧啧，受之难堪！不知梓青亦有所闻否？世途多艰，吾辈将奈何？沙怯懦胜人，何况刺激频仍，脆弱之心房，有不堪更受惊震之忧矣！梓青其何以慰我？临楮凄惶，不尽欲言，顺祝康健！

露沙上

　　梓青接到信后，除了极力安慰露沙外，亦无法制止人言。过了几个月，梓青因友人之约，将要离开北京，但是他不愿抛下露沙一个人，所以当未曾应招之前，和露沙商量了好几次。露沙最初听见他要走，不免觉得怅怅，当时和梓青默对至半点钟之久，也不曾说出一句话来。后来回到家里，独自沉沉想了一夜，觉得若不叫梓青去，与他将来发展的机会，未免有碍，而且也对不起社会，想到这里，一种激壮之情潮涌于心。第二天梓青来，露沙对他说："你到南边去的事情，你就决定了吧！我觉得这个机会，很可以施展你生平的抱负，……至于我们暂时的分别，很算不了什么，况我们的爱情也当有所寄托，若徒徒相守，不但日久生厌，而且也不是我们的凤心。"梓青听了这话，仍是犹疑不决道："再说吧！能不去我还是不去。"露沙道："你若不去，你就未免太不谅解我了！"说着凄然欲泣，梓青这才说："我去就是了！你不要难受吧！"露沙这才转悲为喜，和他谈些别后怎样消遣，并约年假时梓青到北京来。他们直谈到日暮才别。

　　云青回家以后曾来信告诉露沙，她近来生活十分清静，并且已开始研究佛经了，出世之想较前更甚，将来当买田造庐于山清水秀的地方，侍奉老母，教导弟妹，十分快乐。露沙听见这个消息，也很觉得喜慰，不过想到云青所以能达到这种的目的，因为她有母亲，得把全副的心情，都寄托在母亲的爱里，若果也像自己这样飘零的身世，……便怎么样？她想到这里不禁又伤感起来。

有一天露沙正在书房，看《茶花女遗事》，忽接到云青的来信，里头附着一篇小说。露沙打开一看，见题目是《消沉的夜》其内容是：

"只见惨绿色的光华，充满着寂寞的小园，西北角的榕树上，宿着啼血的杜鹃，凄凄哀鸣，树荫下坐着个年约二十三四的女郎，凝神仰首。那时正是暮春时节，落花乱瓣，在清光下飞舞，微风吹皱了一池的碧水。那女郎沉默了半晌，忽轻轻叹了一口气，把身上的花瓣轻轻拂拭了，走到池旁，照见自己削瘦的容颜，不觉吃了一惊，暗暗叹道：'原来已憔悴到这步田地！'她如悲如怨，倚着池旁的树干出神，迷忽间，仿佛看见一个似曾相识的青年，对她苦笑，似乎说：'我赤裸裸的心，已经被你拿去了，现在你竟耍弄了我！唉！'"那女郎这时心里一痛，睁眼一看，原来不是什么青年，只是那两竿翠竹，临风摇摆罢了。

"这时月色已到中天，春寒兀自威凌逼人，她便慢慢踱进屋里去了，屋里的月光，一样的清凉如水，她便拥衣睡下。朦胧之间，只见一个女子，身披白绢，含笑对她招手，她便跟了去。走到一所楼房前，楼下屋窗内，灯光亮极，她细看屋里，有一个青年的女子，背灯而坐，手里正拿着一本书，侧首凝神，好像听她旁边坐着的男子讲什么似的，她看那男子面容极熟，就是那个瘦削身材的青年，她不免将耳头靠在窗上细听。只听那男子说：'……我早应当告诉你，我和那个女子交情的始末。她行止很端庄，性情很温和，若果不是因为她家庭的固执，我们一定可以结婚了。……不过现在已是过去的事，我述说爱她的事实，你当不至怒我吧！'那青年说到这里，回头望着那女子，只见那女子含笑无言……歇了半晌那女子才说：'我倒不怒你向我述说爱她的事实，我只怒你为什么不始终爱她呢？'

　　那青年似露着悲凉的神情说：'事实上我固然不能永远爱她，但在我的心里，却始终没有忘了她呢！……'她听到这里，忽然想起那人，便是从前向她求婚的人，他所说女子，就是自己，不觉想起往事，心里不免凄楚，因掩面悲泣。忽见刚才引她来的白衣女郎，又来叫她道：'已往的事，悲伤无益，但你要知道许多青年男女的幸福，都被这戴紫金冠的魔鬼剥夺了！你看那不是他又来了！'她忙忙向那白衣女郎手指的地方看去，果见有一个青面獠牙的恶鬼，戴着金碧辉煌的紫金冠。那金冠上有四个大字是'礼教胜利'。她看到这里，心里一惊就醒了，原来是个梦，而自己正睡在床上，那消沉的夜已经将要完结了，东方已经发出清白色了。"

　　露沙看完云青这篇小说，知道她对蔚然仍未能忘情，不禁为她伤感，闷闷枯坐无心读书。后来兰馨来了，才把这事忘怀。兰馨告诉她年假要回南，问露沙去不去，露沙本和梓青约好，叫梓青年假北来，最近梓青有一封信说他事情大忙，一时放不下，希望露沙南来，因此露沙就答应兰馨，和她一同南去。

　　到南方后，露沙回家。到父母的坟上祭扫一番，和兄妹盘桓几天，就到苏州看玲玉。玲玉的小家庭收拾得很好，露沙在她家里住了一星期。后来梓青来找她，因又回到上海。

有一天下午，露沙和梓青在静安寺路一带散步，梓青对露沙说："我有一件事要和你商量，不知肯答应我不？"露沙说："你先说来再商量好了。"梓青说："我们的事业，正在发轫之始，必要每个同志集全力去作，才有成熟的希望，而我这半年试验的结果，觉得能实心踏地做事的时候很少，这最大的原因，就是因为悬怀于你……所以我想，我们总得想一个解决我们根本问题的方法，然后才能谈到前途的事业。"露沙听了这话，呻吟无言，……最后只说了一句："我们从长计议吧！"梓青也不往下说去，不久他们回去了。

过了几个月，云青忽接到露沙一封信道：

云青：

别后音书苦稀，只缘心绪无聊，握管益增怅惘耳。前接来函，借悉云青乡居清适，欣慰无状！沙自客腊南旋，依旧愁怨日多，欢乐时少，盖飘萍无根，正未知来日作何结局也！时晤梓青，亦郁悒不胜；唯沙生性爽宕，明知世路险峻，前途多难，而不甘踯躅歧路，抑郁瘦死。前与梓青计划竟日，幸已得解决之策，今为云青陈之。

曩在京华沙不曾与云青言乎？梓青与沙之情爱，成熟已久，若环境顺适，早赋于飞矣，乃终因世俗之梗，凤愿莫遂！沙与梓青非不能铲除礼教之束缚，树神圣情爱之旗帜，特人类残苛已极，其毒焰足逼人至死！是可惧耳！

日前曾与梓青，同至吾辈昔游之地，碧浪滔滔，风响凄凄，景色犹是，而人事已非，怅望旧游，都作雨后梨花之飘零，不禁酸泪沾襟矣！

　　吾辈于海滨徘徊竟日，终相得一佳地，左绕白玉之洞，右临清溪之流，中构小屋数间，足为吾辈退休之所，目下已备价购妥，只待鸠工造庐，建成之日，即吾辈努力事业之始。以年来国事蜩螗，固为有心人所同悲。但吾辈则志不斯，唯欲于此中留一爱情之纪念品，以慰此干枯之人生，如果克成，当携手言旋，同逍遥于海滨精庐；如终失败，则于月光临照之夜，同赴碧流，随三闾大夫游耳。今行有期矣，悠悠之命运，诚难预期，设吾辈卒不归，则当留此庐以飨故人中之失意者。

　　宗莹、玲玉、莲裳诸友，不另作书，幸云青为我达之。此牍或即沙之绝笔，盖事若不成，沙亦无心更劳楮墨以伤子之心也！临书凄楚，不知所云，诸维珍重不宣！

露沙书

　　云青接到信后，不知是悲是愁，但觉世界上事情的结局，都极惨淡，那眼泪便不禁夺眶而出。当时就把露沙的信，抄了三份，寄给玲玉、宗莹、莲裳。过了一年，玲玉邀云青到西湖避暑。秋天的时候，她们便绕道到从前旧游的海滨，果然看见有一所很精致的房子，门额上写着"海滨故人"四个字，不禁触景伤情，想起露沙已一年不通音信了，到底也不知道是成是败，屋迩人远，徒深驰想，若果竟不归来，留下这所房子，任人凭吊，也就太觉多事了！

她们在屋前屋后徘徊了半天，直到海上云雾罩满，天空星光闪烁，才洒泪而归。临去的一霎，云青兀自叹道："海滨故人！也不知何时才赋归来呵！"

丽石的日记

今日春雨不住响地滴着，窗外天容暗淡，耳边风声凄厉，我静坐幽斋，思潮起伏，只觉怅然惘然！

去年的冬天，正是我的朋友丽石超脱的日子，现在春天已经回来了，并且一样的风凄雨冷，但丽石那惨白梨花般的两靥，谁知变成什么样了！

丽石的死，医生说是心脏病，但我相信丽石确实是死于心病，不是死于身病，她留下的日记，可以证实，现在我将她的日记发表了吧！

十二月二十一日　不记日记已经半年了，只感觉着学校的生活单调，吃饭、睡觉。板滞的上课，教员戴上道德的假面具，像俳优般舞着唱着，我们便像傻子般看着听着，真是无聊极了。

图书馆里，摆满了古人的陈迹，我掀开屈原的《离骚》念了几页，心窃怪其愚——怀王也值得深恋吗？……

下午回家，寂闷更甚；这时的心绪，真微玄于不可捉摸……日来绝要自制，不让消极的思想入据灵台，所以又忙把案头的奋斗杂志来读。

　　吃饭后，得归生从上海来信——不过寥寥几行，但都系心坎中流出，他近来在得不到一个归宿地，常常自其身，白兰地酒，两天便要喝完一瓶……他说："沉醉的当中，就是他忘忧的时候。"唉！可怜的少年人！感情的海里，岂容轻陷？固然指路的红灯，只有一盏，但是这"万矢之的"底红灯，谁能料定自己便是得胜者呢？

　　其实像海兰那样的女子，世界上绝不是没有，不过归生是永远不了解这层罢了。

　　今夜因为复归生的信，竟受大困——的确我搜尽枯肠，也找不出一句很恰当的话，那是足以安慰他的……其实人当真正苦闷的时候，绝不是几句话所能安慰的哟！

　　十二月二十二日　今天因俗例的冬至节，学堂里放了一天假，早晨看碟姑母们忙着预备祭祖，不免起了想家的情绪，忆起"独在异乡为异客，每逢佳节倍思亲"怆然下泪！

　　姑丈年老多病，这两天更觉颓唐，干皱的面皮，消沉的心情，真觉老时的可怜！

　　午后沅青打发侍者送红梅来，并有一封信说："现由花厂买得红梅两株遣人送上，聊袭古人寄梅伴读的意思。"我写了回信，打发来人回去，将两盆梅花，放在书案的两旁，不久斜阳销迹，残月初升，那清淡的光华，正笼照在那两株红梅上，更见精神。

　　今夜睡得极迟。但心潮波涌，入梦仍难，寂寞长夜，只有梅花吐着幽香，安慰这生的漂泊者呵！

　　十二月二十四日　穷冬严寒，朔风虎吼，心绪更觉无聊，切盼沅青的信，但是已经三次失望了。大约她有病吧？但是不至如此，因为昨天见面的时候，她依旧活泼泼地，毫无要病的表示呵，咳！除此还有别的原因吗？……我和她相识两年了，当第一次接谈时，我固然不能决定她是怎样的一个人，但是由我们不断的通信和谈话看来，她大约不至于很残忍和无情吧！……不过"爱情是不能买预约券的，也不是一成不变的……"变幻不测的人类，谁能认定他们要走的路呢？

　　下午到学校听某博士的讲演，不期遇见沅青，我的忧疑更深，心想沅青既然没病，为什么不来信呢？当时赌气也不去理她，草草把演讲听完，愁闷着回家去了。晚饭懒吃，独坐沉思，想到无聊的地方，陡忆起佛经所说："菩萨畏因，众生畏果。"我不自造恶因，安得生此恶果？从此以后，谨慎造因罢！情感的漩涡里，怕是愁苦和忌恨罢了，何如澄澈此心，求慰于不变的"真如"呢……想到这里，心潮渐平，不久就入睡乡了。

　　十二月二五日　昨夜睡时，心境平稳，恶梦全无，今早醒来，不期那红灼灼的太阳，照满绿窗了。我忙忙自床上坐了起来，忽见桌上放着一封信，那封套的尺寸和色泽，已足使我澄澈的心紊乱了，我用最速的目力，把那信看完了，觉得昨天的忏悔真是多余，人生若无感情维系，活着究有何趣？春天的玫瑰花芽，不是亏了太阳的照拂，怎能露出娇艳的色泽？人类生活，若缺乏情感的点缀，便要常沦到干枯的境地了，昨天的芥蒂，好似秋天的浮云，一阵风洗净了。

　　下午赴漱生的约，在公园聚会，心境开朗，觉得那庄严的松柏，都含着深甜的笑容，景由心造，真是不错。

　　十二月二十六日　今天到某校看新剧，得到一种极劣的感想——当我初到剧场时，见她们站在门口，高声哗笑着，遇见来宾由她们身边经过，她们总作出那骄傲的样子来，惹得那些喜趁机侮辱女性的青年，窃窃评论，他们所说的话，自然不是持平之论，但是喜虚荣的缺点，却是不可避免的讥呵！

　　下午雯薇来——她本是一个活泼的女孩，可惜近来却憔悴了——当我们回述着儿时的兴趣，过去的快乐，更比身受时加倍，但不久我们的论点变了。

　　雯薇结婚已经三年了，在人们的观察，谁都觉得她很幸福，想不到她内心原藏着深刻的悲哀，今天却在我面前发现了，她说："结婚以前的几月，是希望的，也是极有生趣的，好像买彩票，希望中彩的心理一样，而结婚后的几月，是中彩以后，打算分配这财产用途的时候，只感得劳碌，烦躁，全当阿玉——她的女儿——没出世之前，还不觉得……现在才真觉得彩票中后的无趣了。孩子譬如是一根柔韧的彩线，被她捆住了，虽是厌烦，也无法解脱。"

　　四点半钟雯薇走了，我独自回忆着她的话，记得《甲必丹之女》书里，有某军官与彼得的谈话说："一娶妻什么事都完了。"更感烦闷！

　　十二月二十七日　呵！我不幸竟病了，昨夜觉得口躁头晕，今天竟不能起来了，静悄悄睡在软藤的床上，变幻的白云，从我头顶慢慢经过，爽飒的风声，时时在我左右回旋，似慰我的寂寞。

我健全的时候，无时不在粟六中觅生活，我只领略到烦搅，和疲敝的滋味，今天我才觉得不断活动的人类的世界，也有所谓"静"的境地。

我从早上八点钟醒来，现在已是下午四点钟了，我每回想到健全时的劳碌和压迫，我不免要恳求上帝，使我永远在病中，永远和静的主宰——幽秘之神——相亲近。

我实在自觉惭愧，我一年三百六十日中，没有一天过的是我真愿过的日子，我到学校去上课，多半是为那上课的铃声所勉强，我恬静的坐在位子上，多半是为教员和学校的规则所勉强；我一身都是担子，我全心也都为担子的压迫，没人工夫想我所要想的。

今天病了，我的先生可以原恕我，不必板坐在书桌里；我的朋友原谅我，不必勉强陪着她们到操场上散步……因为病被众人所原谅，把种种的担子都暂且搁下，我简直是个被赦的犯人，喜悦何如？

我记得海兰曾对我说："在无聊和勉强的生活里，我只盼黑夜快来，并望永远不要天明，那么我便可忘了一切的烦恼了。"她也是一个生的厌烦者呵！

我最爱读元人的曲，平日为刻板的工作范围了，使我不能如愿，今夜神思略清，因拿了一本《元曲》就着栏内的灯光细读，真是比哥伦布发现了新大陆，还要快活呢！

我读到《黄粱梦》一折，好像身驾云雾，随着骊山老母的绳拂，上穷碧落了。我看到东华帝君对吕岩说："……把些个人间富贵都作了眼底浮云，"又说："他每得道清平有几人？何不早抽身？出世尘，尽白云满溪锁洞门，将一函经手自翻；一炉香手自焚，这是清闲真道本。"似喜似悟，唉！可怜的怯弱者呵！在担子底下奋斗筋疲力尽，谁能保不走这条自私自利的路呢！

每逢遇到不如意事时，起初总是愤愤难平，最后就思解脱，这何尝是真解脱，唉！只自苦罢了！

十二月二十九日　二十八日热度稍高，全身软疲，不耐作字，日记因缺，今早服了三粒"金鸡纳霜"，这时略觉清楚。

回想昨天情景，只是昏睡，而睡时恶梦极多，不是被逐于虎狼，就是被困于水火，在这恐怖的梦中，上帝已指示出人生的缩影了。

午后雯薇使人来问病，并附一信说："我吐血的病，三年以来，时好时坏，但我不怕死，死了就完了。"她的见解实在不错！人生的大限，至于死而已；死了自然就完了。但死终不是很自然的事呵！不愿意生的人固不少，可是同时也最怕死；这大约就是滋苦之因了。

我想起雯薇的病因，多半是由于内心的抑郁，她当初作学生的时候，十分好强，自从把身体捐入家庭，便弄得事事不如人了——好强的人，只能听人的赞扬，不幸受了非议，所有的希望便要立刻消沉了。其实引起人们最大的同情，只能求之于死后，那时用不着猜忌和倾轧了。

下午归生的信又来了，他除为海兰而烦闷外，没有别的话说，恰巧这时海兰也正来看我，我便将归生的信让她自己看去，我从旁边观察她的态度，只见她两眉深锁，双睛发直；等了许久，她才对我说："我受名教的束缚太甚了……并且我不能听人们的非议，他的意思，我终久要辜负了，请你替我尽友谊的安慰吧……这一定没有结果的希望！"她这种似迎似拒的心理，看得出她智情激战的痕迹。

正月一日　今天是新年的元旦，当我睡在床上，看小表妹把新日历换那旧的时，固然也感到日子的飞快；光阴一霎便成过去了。但跟着又成了未来，过去的不断过去，未来的不断而来，浅近的比喻，就是一盏无限大的走马灯，究有什么意思！

今天看我病的人更多了，她们并且怕我寂寞，倡议在我房里打牌伴着我，我难却她们的美意，其实我实在不欢迎呢！

正月三日　我的病已经好了，今天沅青来看我，我们便在屋里围着火炉清谈竟日。

我自从病后，一直不曾和归生通信，——其实我们的情感只是友谊，我从不愿从异性那里求安慰，因为和他们——异性——的交接，总觉得不自由。

沅青她极和我表同情，因此我们两人从泛泛的友谊上，而变成同性的爱恋了。

的确，我们两个都有长久的计划，昨夜我们说到将来共同生活的乐趣，真使我兴奋！我一夜都是做着未来的快乐梦。

我梦见在一道小溪的旁边，有一所很清雅的草屋，屋里前面，种着两棵大柳树，柳枝飘拂在草屋的顶上，柳树根下，拴着一只小船，那时正斜日横窗，白云封洞，我和沅青坐在这小船里，御着清波，渐渐驰进那芦苇丛里去。这时天上忽下起小雨来，我们被芦苇严严遮住，看不见雨形，只听见渐渐沥沥的雨声，过了好久时已入夜，我们忙把船开回，这时月光又从那薄薄凉云里露出来，照得碧水如翡翠砌成，沅青叫我到水晶宫里去游逛，我便当真跳下水，忽觉心里一惊就醒了。

回思梦境，正是我们平日所希冀的呵！

正月四日　今天因为沅青不曾来，只感苦闷！直到我和沅青同坐着念英文的地方，更觉得忽忽如有所失。

我独自坐在葡萄架下，只是回忆和沅青同游同息的陈事：玫瑰花含着笑容，听我们甜蜜的深谈，黄莺藏在叶底偷看我们欢迎的轻舞，人们看见我们一样的衣裙，联袂着由公园的马路上走过，如何的注目呵！唉！沅青是我的安慰者，也是我的鼓舞者，我不是为自己而生，我实在是为她而生呢！

晚上沅青遣人送了一封信来说："亲爱的丽石！我决定你今天必不受苦闷了！……但是我为母亲的使命，不能不忍心暂且离开你。我从前不是和你说过，我有一个舅舅在天津吗？因为小表弟的周岁，母亲要带我去祝贺，大约至迟五六天以内，总可以回来，你可以找雯薇玩玩，免得寂寞！"我把这信，已经反复看得能够背诵了，但有什么益处？寂寞益我苦！无聊使我悲！渴望增我怒！

正月十日　沅青走后，只觉恹恹懒动，每天下课后，只有睡觉，差强人意！

今天接到天津的电话，沅青今夜可以到京，我的心怀开放了，一等到柳梢头没了日影，我便急急吩咐厨房开饭；老妈子打脸水，姑母问我忙什么？我才觉得自己的忘情，不禁羞惭得说不出话来。

到了火车站，离火车到时还差一点多钟呢？这才懊悔来得太早了！

盼得心头焦躁了，望得两眼发酸了，这才听到呜呜汽笛响，车子慢慢进了站台，接客的人，纷纷赶上去欢迎他们的亲友，我只远远站着，对那车窗一个个望去，望到最后的一辆车子，果见沅青含笑望我招手呢！忙忙奔了过去，不知对她说什么好，只是嬉嬉对笑，出了站台，雇了车子一直到我家来，因为沅青应许我今夜住在这里。

正月十一日　昨夜和沅青说的话太多了，不免少睡了觉，今天觉得十分疲倦，但是因为沅青的缘故，今夜依旧要睡得很晚呢！

今天沅青回家去了，但黄昏时她又来找我，她进我屋门的时候，我只乐得手舞足蹈！不过当我看到她的面色时，不禁使我心脉狂跳，她双睛红肿，脸色青黄，好像受了极大的刺激。我禁不住细细追问，她说：“没有什么，作人苦罢！”这话还没说完，她的眼泪却如潮涌般滚下来，后来她竟俯在我的怀里痛哭起来，急得我不知怎样才好，只有陪着她哭。我问她为什么伤心？她始终不曾告诉我，安慰她，但是时已夜深，出去不便。只有勉强制止可怕的想头，把这沉冥的夜度过。

正月十二日　为了昨夜的悲伤和失眠，今天觉得头痛心烦，不过仍旧很早起来，打算去看沅青，我在梳头的时候，忽沅青叫人送封信来，我急急打开念道：

"丽石，丽石：

人类真是固执的，自私的呵！我们稚弱的生命完全被他们支配了！被他们戕贼了！

我们的理想生活，被他们所不容，丽石！我真不忍使你知道这恶劣的消息！但是我们分别在即了，我又怎忍始终瞒你呢！

我的表兄他或者是个有为青年——这个并不是由我观察到的，只是我的母亲对他的考语，他们因为爱我，要我与这有为的青年结婚，咳！丽石，你为什么不早打主意，穿上男子的礼服，戴上男子的帽子，装作男子的行动，和我家里未婚呢？现在人家知道你是女子，不许你和我结婚，偏偏去找出那什么有为青年来了。

他们又仿佛很能体谅人，昨晚母亲对我说：'你和表兄，虽是小时常见面的，但是你们的性情能否相合，还不知道，你舅舅和我的意思，都是愿意你到天津去读书，那么你们俩可以常见面，彼此的性情就容易了解了。如果合得来，你们就订婚，合不来再说。'丽石，母亲的思情不能算薄，但是她终究不能放我们自由！

我大约下礼拜就到天津去。咳！从此天南地北，这离别的苦怎么受呢？咳！亲爱的丽石！我夫不愿意离开你，怎么办？你也能到天津来吗？我希望你来吧！"

咳！失望呵！上帝真是太刻薄了！我只求精神上的一点安慰，她都拒绝我！"沅青！沅青！"咳！我此时的心绪，只有怨艾罢了！

正月十五日　我自得到沅青要走的消息，第二天就病了，沅青虽刻刻伴着我，而我的心更苦了！这几天我们的生活，就如被判决的死囚，唉！我回想到那一年夏天，那时正是雨后，蕴泪的柳枝，无力的荡漾着，阶前的促织，切切私语着，我和沅青，相倚着坐在浅蓝色的栏杆上，沅青曾清清楚楚对我说："我只要能找到灵魂上的安慰，那可怕的结婚，我一定要避免。"现在这话，只等于往事的陈迹了！

雯薇怜我寂寞和失意，这两天常来慰我，但我深刻的悲哀，永远不能消除呵！

今天雯薇来时，又带了一个使我伤心的消息来，她告诉我说："可怜的欣于竟堕落了！"这实在使我惊异！"他明明是个志趣高尚的青年呵？"我这么沉吟着，雯薇说："是呵！志趣高尚的青年，但为了生计的压迫，——结婚的结果——便格放弃了。他现在作了某党派的走狗，谄媚他的上司；只是为了四十块钱呵，可怜！"

唉！到处都是污浊的痕迹！

二月一日　懊恼中，日记又放置半月不记了，我真是无用！既不能激悟，又不能奋斗，只让无情的造物玩弄！

沅青昨天的来信，更使我寒心，她说："丽石，我们从前的见解，这关是小孩子的思想，同性的爱恋，终久不被社会的人认可，我希望你还是早些觉悟吧！

我表兄的确是个很有为的青年，他并且对我极诚恳，我到津后，常常和他聚谈，他事事都能体贴入微，而且能任劳怨！……"

唉！人的感情，真容易改变，不过半个月的工夫，沅青已经被人夺去了，人类的生活，大约争夺是第一条件了！

上帝真不仁，当我受着极大苦痛时，还不肯轻易饶我，支使那男性特别显著的少年郦文来纠缠我，听说这是沅青的主意，她怕我责备，所以用这个好方法堵住我的口，其实她愚得很，恋爱岂是片面的？在郦文粗浮的举动里，时时让我感受极强的苦痛，其实同是一个爱字，若出于两方的同意，无论在谁的嘴里说，都觉得自然和神圣，若有一方不同意，而强要求满足自己的欲望，那是最不道德的事实，含着极大的侮辱。郦文真使我难堪呵！唉，沅青何苦自陷？又强要陷人！

二月五日　今天又得到沅青的来信，大约她和她表兄结婚，不久便可成事实。唉！我不恨别的，只恨上帝造人，为什么不一视同仁，分什么男和女，因此不知把这个安静的世界，搅乱到什么地步？……唉！我更章，为什么要爱沅青！

我为沅青的缘故，失了人生的乐趣！更为沅青故得了不可医治的烦纡！

唉！我越回忆越心伤！我每作日记，写到沅青弃我，我便恨不得立刻与世长辞，但自杀我又没有勇气，抑郁而死吧！抑郁而死吧！

我早已将人生的趣味，估了价啦，得不偿失，上帝呵！只求你早些接引！……

我看着丽石的这些日记，热泪竟不自觉地流下来了。唉！我什么话也不能再多说了！

"女子成美会"希望于妇女

前几天我在《晨报》上看见郭君梦良的一评《"妇女解放"一国救急方法》的文，就是组织"女子成美会"。这个会的宗旨，是使一般有觉悟而没有能力解放的妇女，达到她们解放的目的。我看完这篇文章，心里忽然发生一个疑问：为什么妇女本身的问题，要妇女以外的人来解决？妇女本身所受的苦痛，为什么妇女本身反不觉得呢？妇女也有头脑，也有四肢五官，为什么没有感觉？样样事情都要男子主使提携。这真不可思议了！

妇女解放的声浪，一天高似一天，但是妇女解放的事实，大半都是失败，这是什么缘故呢？这是因为妇女本身没有觉悟，所以经不起磨折，终至于失败。妇女本身没有觉悟，所以关系本身的问题，不能去解决。而想求那利害关系次一层的男子代为解决，这也是失败的一个原因。因为现在觉悟的男子，固然很多，然而迷梦不醒的，和那利用妇女解放"冠冕堂皇"名目，施行阴险狡诈伎俩的也不少。妇女本身若不觉悟，只管盲从，不但不能达到解放的目的，而且妇女解放的前途，生无限的阻碍。故我以为妇女解放问题，一定要妇女本身解决。但是"解放"二字是空洞的，必定要想出具体方法，使解放的理论，进到解放的事实。这个方法也很多：就譬如建设女子职业机关，女子工厂、工读互助团等等，本都是可以帮助妇女解放的具体办法。但是这些办法，都是第二步，因为妇女要作职业，必定先要各种职业的知识；要进工厂，也要有工厂的知识；就是工读互助团，也要有点普通知识；这种知识缺乏，就不能达到以上种种目的。所以我们现在要打算作一个过渡，使这一般有觉悟没有能力的女子渡过去，这渡船就是郭君梦良所说的"女子成美会"的组织，这种组织愈多愈好，因是可以救济我们女同胞"出水火登衽席"，这是与妇女有密切关系的；并且我们要想尊重自己的人格，断不可事事盲从他人。所以我盼望我亲爱的女同胞，快快起来，解决自身的问题，这是我对于"女子成美会"有厚望于诸姑姊妹们的！

今后妇女的出路

时代的轮子不停息地在转动，易卜生早已把妇女的出路指示了我们。当然娜拉的出走，是不容更有所迟疑的。不过在事实上，娜拉究竟是极少数，而大多数的妇女呢，仍然作着傀儡家庭中的主角。而且有一些懒散惯的妇女，她们拿拥护母权作挡箭牌，暗地里过着寄生的享乐生活。另有一部分人呢，因为脑子里仍存着封建时代的余毒，认定"男治外女治内"的荒谬议论，含辛茹苦作一个无个性的柔顺贤妻、操持家务的良母。同时许多男性中心的教育家，唯恐妇女有了本事，不利于男人们，便极力地反对妇女到社会上去，什么妇女的智力、体力赶不上男人啰，又是贤妻良母是妇女唯一的天职啰，拿这些片面之词的帽子压到妇女头上，使她们不得不回到家里去。

其结果呢，一失掉了独立的人格，二失掉了社会的地位，三埋没了个性。真是为害不浅呢！不信，听我细细说来：

一、失掉了独立的人格。妇女回到家里去，她们的世界除了家庭还是家庭，她们所应付的，也仅仅是家庭里的几个人，她们的能力，也仅仅懂得一些琐碎杂务的操持，一旦叫她们离开家庭到社会上来，对于一切都感到陌生，无法应付，结果只好躲在男人背后，受尽他们的支配，任他们去宰割，爱之当宝贝，恶之弃若敝屣；而妇女呢，还得继续受下去，因为她们已失掉了独立的人格。这样结果，便造成畸形的病态的社会了。

二、失掉了社会的地位。不论男女，天经地义的应取得社会地位。人类对于社会负有义务，当然也应享有权利。而妇女们对于社会似乎不负责任，当然社会的一切权利、设施，也只以男子为对象。但是妇女为什么对社会不负责任？为什么不想享受社会上的权利？不怪别的，只怪她们错误了。她们把自己锁在家里，使男子得有垄断社会事业的机会，使男子的势力膨胀到压得妇女不能喘气，唉，这是多么悲惨的现象呢！

三、埋没了个性。妇女的天性，果然有些和男人不同，但不同和同，也要看环境的，如果男女的环境完全一样，其不同之点，与其说是心理上的，不如说是生理上的更多些；而生理上的不同，也可以加以人力，而使之能力方面，无所差别。比如说乡间的妇女，她们能锄地，挑柴。男人呢，也能作裁缝理发等细腻工作。如此看来，人类只有个性的差异，而无男女间的轩轾，所以妇女们虽有喜欢在家庭操持家务，抚育儿女的，但也有许多人是喜欢作科学家、政治家、教育家、工程师、医生种种的事业；而既往的妇女，也为了回到家里去，埋没了个性，牛马般的作着不愿意作的工作。这不但是妇女的损失，也是国家的损失，甚至还是人类的损失呢！

就以上三点看来，主张妇女回到家里去的论调，当然算不得正确。不过在家庭制度还存在的今日，我们也不能说所有的妇女都到社会上去，置家事于不顾。那么如之何而后可呢？我以为家庭是男女共同组织成的，对于家庭的经济，固然应当男女分担；对于家庭的事务，也应当男女共负。除了妇女在生育期中，大家都当就其所长服务社会，求得各人经济之独立。男女间只有互助的、共同的生活，而没有倚赖的生活。

至于对于家务的料理，子女的教养，职业妇女似乎有不能兼顾之弊，但我们不能因噎废食，并且也不是绝对没有补救的方法。如果我们能找到一个性近于家事，而妥当的保姆，替我们整理家务，保育子女，在她们也是一种职业，不害她们的人格独立，经济独立，个性发展种种方面，这所谓之两不相害而且相成。

所以我对于今后妇女的出路，就是打破家庭的藩篱到社会上去，逃出傀儡家庭，去过人类应过的生活；不仅仅作个女人，还要作人，这就是我唯一的口号了。

妇女生活的改善

乡村妇女的生活为什么要改善呢？因为现在的一般乡村妇女

的生活实在太苦了，一辈子除了操劳作苦以外没有别的事，她们简直没有得到人类应有的生活。她们的生活，仿佛一匹马、一头牛的生活，从天刚亮起，一直刻板地劳作到夜，从春天作到冬天，从年轻作到年老，永远如是。对于身体的健康顾不到；对于子女的教育也顾不到。对于人类正当的娱乐也不曾享受过，而且糊里糊涂好象做梦似的，把青春随随便便的过去了以至于死。她们就没懂得什么是人类的生活啊！

这种情形是很不利于社会国家的，甚至是不利于人类的。因为乡村妇女的生活，只是等于牛马的生活，于是身体失了健康，将来生出许多衰弱的儿女，对于种族问题极有关系。至于不注意儿女的教育，将来的国民，又不免都是些恶劣分子。这些情形，往小里说，有碍于一家一国的健全；往大里说，不也有关于人类的进步吗？！所以改善乡村妇女生活，实在是一件很重要的事情。

乡村妇女的生活，应当改善的种种理由，前面已略说过。现在就根据这些理由，说说改善的各方面。

人类的生活，本来有许多方面，可是归纳起来说，不外精神的，物质的两种：

（一）物质方面。物质方面的生活，不外衣食住的问题。乡村妇女衣食住方面，都十分俭朴，这是一种美德，是应当保存的；不过俭朴勤劳中，不能不注意到以下的两点：

（1）勤劳。乡村妇女，整天整年，如牛马似的操劳，有时因为过分的劳动，使得身体衰弱，将来生下来的小孩子，都是些弱种，所以勤劳，实在是应当注意的一点。

（2）卫生。生活无论怎样简真朴素，若能够时时留心卫生，身体一定可以保持健康；所以关于衣服被褥的清洁，厨房厕所的干净，饮食的谨慎，都是应当注意的。

（二）精神方面。人类的生活，比一切禽兽不同，就因为人类不但有物质的生活，还有精神的生活。乡村妇女应注意的精神生活，约有两点：

（1）儿童的教育。儿童幼小的时候，好象一缕纯白的丝，染红便红，染黑便黑。这个染红或染黑的权，都在父母，母亲更甚。这时只看母亲的教育怎样了；如果母亲能修养自己，好好教育儿童，将来这个儿童，一定能达到他所希望的那样子，也必能得到极大的安慰了。

（2）正当的娱乐。一个人的生活，如果是整天游手好闲，专寻快乐，那当然是错误。可是一天到晚，一点正当的娱乐都没有，也是不对。因为一个人的精神，不能没有相当的活跃。如果没有娱乐，只是刻板的工作，那种生活，是不完全的。所以正当的娱乐，在人类的生活上，也是很要紧的。

具体办法第一步，就是要组织各种的妇女团体。现在我们先就目前乡村妇女可以办到的说几种：

（1）家庭生活改良会。在一个村子里组织一个大规模的妇女生活改良会，如果村子比较大还可以组织分会，或每十家一个分会也可以；总之，看情形支配好了。各家的妇女都是这会里的会员。每月开一次或两次会，讨论家庭卫生、家庭经济、家政方面种种的问题，就拿所讨论的结果，作为实行的标准。实行的时候，如果觉得还有不妥当的地方，第二次开会可以提出讨论，总以达到改善生活的目的为要。

（2）儿童教育研究会。第一项所说是专指家政方面说的，这一项是指怎样使儿童在怀抱之中，就养成良好习惯的种种方法。及到入学年龄，一定要设法送他们进学校受学校教育。在儿童受学校教育的时候，家庭应当与学校合作，才不至于使儿童从学校得来的教训，到家全丢了，这也是极要紧的一件事。

（3）妇女娱乐会。妇女每一天里，至少要匀出一小时的工夫作一种正当的娱乐。如吹弄各种音乐，或谈讲有趣的故事，或到村野散步，或到风景优美的地方开茶话会，这些娱乐都可以修养人格，陶冶性情，是人类不可少的生活。除了这几件以外，还有许多别种的方法，不过这是比较容易做到的，而且是急要做到的。所以希望乡村有志的妇女积极，努力从事组织，以期达到人类完善的生活，不但是乡村妇女本身的幸福，就是国家社会也要受极大的影响。乡村妇女快些努力吧！

中国的妇女运动问题

不是骇人听闻的事吗？不满足吗？父系制度，自有史以来，垄断了几千年的社会，为什么到现代才有妇女运动之事实呢？这促醒她们的沉梦，而即于觉悟之途的，到底是什么东西的力量？所谓实际上的压迫又是什么呢？

未曾答复上项诸疑问以前，我们先研究原始妇女地位，到底怎样？这种被压服的女性，是否由盘古辟天地以来就是这样？及其后来所以被压服的原因？此一项有了解决，则以上的种种疑问，便都可迎刃而解了。

人类原始的状态，据生物学家之研究，生命本来起于女性，生殖作用最初也只由女子经营，男性是在与异种文明接触而发生种族进化的必要上，发生成长的。宇宙万物，都以女性为根据为中心，证之于下等动物如昆虫类等少数例外外，多表示女性优于男性的一点，可得而知了。至于鸟类、哺乳类，固然是男性多强大美丽，但那强大和美丽，也不是男性原有的，是为受女性的选择，为迎合女性的趣味而发达出来的，这是一切生物界的女性中心的事实的证据。至于人呢？照现在的情形看起来，男子之实力权势兼优；为人生之独裁君主，女子要以压制自己的意志和欲望等为美德，唯命是听，事事受男子的指使了。但只要我们相信人类之起源，我们祖先曾经经历过女性中心这个事实，我们便不能不问现在的女性何以会倒霉到这步田地呢？并且是从什么时候倒霉起的呢？这一层对于现代的妇女运动，大有密切的关系，并且是妇女运动最大的立足点，不容漠视的呵！

最初社会的状态，我们可看乌德、巴火防、莫尔干他们诸人的学说：他们所主张群的起源，他们认女性太初的优胜，实支配一切的男性。最初人类群成小群以栖息，所谓"图腾"时代，两性间的关系，没有什么限制，当时男性虽因动物时代的余泽，比女性强大美丽，但这些长处都不过是为蒙女性之爱，受女性之选择，所必须而且有利的特长，决没有用来作为征服女性的武器与动物时代中样。雌雄淘汰的实权，握在女子手中，男性无论什么女性，都肯交合，而女性则除了适于自己趣味性的男子之外，一概不许接近，男性纵是被女性的摈斥，也不想用暴力来作报复，或强女性服从，只将其愤怒嫉忌转到同性的方面来自家争斗。

此外留威斯、莫尔干对于女性中心的事实，又发明最新科学的研究，他曾介绍伊洛瓜族的生活道：

"在伊洛瓜族印度人里面，戴共同女祖先的母系家族团体，组成一户，那个家族由最年长的老婆婆支配，这样家族多数相集而成一氏。

他们至十九世纪初期，所住的房子，是自十五英尺，至一百英尺长，以圆杆为架子，以树皮为盖蔽的长大连房，这房子中间是走路。两旁是收容一家族，一家族的房间，走路的两端是门扉，走路上通例对于四个家族有一个暖炉，但没有烟囱。各连房在其内部营共产的生活，由游猎以及农作得来的生产物，是共同的所有，各连房都在总揽家内的老婆婆监督之下，每天的饭食都在暖炉治理。治理之后，就请女家长来分配，其残余的食品，由别的妇女收管，分配食品一天只有一回，但锅是一天到晚放在火上的，肚子饿了的，不管是属于那一连房者，都有取下锅子来，以之果腹的权利。"

再看他们的政治组织：一种族由氏族而成，氏族由数个氏而成，其种族的单位就是氏，各氏由大酋长和普通酋长的两种酋长统率，大酋长是氏之公社的元首，由成年的男女公选。各女家长都有选派代表到种族会议，决定宣战媾和的权利。至于承继权，也是归于女子，所以女子有经济的独立。离婚权亦操于女子手中，子女都属于母之氏，结婚是男子到女家，若女子不高兴这男子时便可逐出，——男子到女家的残痕，可于中国招赘式的婚姻见之。

当这个时代，女子的权力，大到极点，推其原因，不外经济权操于女子之手的缘故，因为最初社会生活，是男子出外游猎，女子在家耕织，游猎是日无定所，得无定额，有时游猎无所得，就不能不回来求食于女子，女子以坐享耕织之利之故，生活非常安定，经济权在握，男子势必受其支配。

但母系制度的运命，不久因生产方法的变更而破灭，破灭之余，父系制度就应运而生了。从前男子为获得生活资料之手段的渔猎，渐次减少其必要，而渐次移到耕种方面，最后他们简直驱逐女子实行独占了。他们的地位就陡然加重了。同时女子因育儿及家事等限制，其能力与地位也渐次低下了。

当母系制度的时候，生活是共同的，财产是共有的，到了父系制度，因生产方法的变易为开发财富的结果而发生战争，共产遂一变而为私产制，于是男子经济权更扩大，于是阶级生出来了，有所谓贫富之别，有所谓主人奴隶之分，不走运的妇女，遂由主人公的地位，一跌而成男子的所有品与奴隶地位了。

其后因生产工具发达而发生财富的增加，使直接参与生产或获得其结果的男子地位增高了，又因财产私有的结果，由要让于我之子的希望，就男系系统代替了女系系统，母系制度因而根本动摇，女子遂由喜马拉雅高峰而跌到九幽十八层地狱里了。什么贞操啦，三从四德啦，七出啦，种种片面的道德说也发生了。于是婚姻不能自由，经济不能独立，政治不准干预，职业加以垄断，简直摈之于奴隶不与同人类了。压服得妇女们背驼腰酸，不见天日，不知若干年了，直到现代，才听见呻吟之声，妇女们才觉得一向是睡在幽狱里的，这才想抬起头来。

而那些夜郎自大惯的男子们，竟忘了自己本来面目，忘记了人类社会之真相，妄作威福，拼命的压服女子们，虽然看见她们在幽狱里拼命的挣扎也决不生一点可怜的同情心，只是冷笑热嘲道："你们这一群弱者，究竟有什么能力？你们除了作男子发泄兽欲的工具，和制造新生命的机器外，没有更体面可作的事情了。你们要依赖男子们生活，你们就不能不服从男子，男子们为了家，往往将薪水的大部分拿回来，供给用度，这是多么大的恩惠，不也是妻子们应当服从和感激他们的吗？"其实大部分的妇女，把自己的身心，为丈夫和子女完全消耗了，这一点点物质的报酬算得了什么？而况在家庭制度没有破灭的社会之下，本应有一部分的人，分担家政，而后那一部分的人，才有余暇作社会上一切的事业，女子为他们分了担子的一半，这极大的功劳，足以自傲，她们竟忘了，只知道嘴里吃的是丈夫给的饭，身上穿的是丈夫给的衣服，因感激丈夫的恩惠，而屈服于丈夫威权之下，不但捐弃自己的意志自由，而且苦恼交困，也认为当然的——由这一点的误解，不晓得阻止了社会文明的进步到什么程度！直到现代受产业革命的影响，生活的压迫，妇女免不得也要走到社会上，和社会发生直接关系，而社会上那些冷面狠心的男子，又无处不用其欺凌的手段，妇女受到切肤之痛，所以一听到圣西门、佛利亚、乔治、山德这一般人之民权论的福音，触机而发，于是妇女运动遂与法国的革命同时而起了。我们推论到此，可以知道妇女之所占得优胜的地位，是因经济之权在握，其后所以倒霉也是因为经济权被人掠夺了，现代所以发生妇女运动，经济变动，又是将大的原因。因产业革命之后，机械发达的结果，给予女子两重影响：第一，因为把手工业移到大计划的机械工业了，就把女子的事务减少，使她们生了余裕，除了家事外，更兼顾到社会上一切事。第二，因机械的发达，使富者更富，贫者更贫，不问男女，使一切无财产者，都汲汲于糊口之途。

家庭少了许多纷繁的事，其结果同时对于女子又失了保障确实的安全生活。从前的女子只要安安稳稳坐在织布机旁，总有饭吃，总有衣穿；到了后来，家里的织布机为工厂大机器所打倒，而男人们所得的又只敷一口之用，生活艰难，势不能兼顾，于是有嗷嗷待哺之忧，作到结果，妇女们也难怕抛头露面之羞，到社会上与男子抢饭碗了。因此对于更好的教育，更广的活动范围，同一劳动的同额报酬等等的要求，所谓女权运动，男女平等的要求就发生了。

所以资本主义发达的国家，妇女运动也越激急，也越有组织性和团结力。新女子的活动，可以说是资本主义之下必有的现象：因非在此种环境之下，财富不致集中，小资本的生意仍可存在，人们的生活不致如何艰难，女子既可坐仰父兄丈夫之鼻息，又有家庭琐事之足以羁縻，她们无余裕想别的事，也没苦痛来刺激她们，这些法律的具文的不平等，她们决不想是有什么害于她们的，于是也绝不肯拼命来争了。所以资本主义固然是不利于社会的，而一样有促醒一般沉梦者的觉悟的功，也是不容抹杀的。

因为凡倡一种运动，能真实觉悟，而有十三分信念的人，必定是曾经风波，尝受过苦况的人，例如英国首先反抗女子以懦弱取悦男子论调的米利·俄尔斯通·克拉夫特女史（一七五七——一七九七），她的身世——是生于中流最低阶级，长于好酒而冷酷的父亲，和懦弱无能的母亲庇护之下，又是无独立心的弟妹所组成富于波澜的家庭里，备尝了辛酸，饱受了女子无智屈从男子专权恶弊的苦痛，一面为当时法国大革命的波动，天赋人权的思想，与米利女史实际生活的经验相结合，就使她确信了两性平等，和妇女改造的必要，于是起而倡"女权拥护论"。又如社会主义的始祖欧文，他所以能与工人始终表极热烈的同情，肯牺牲他巨资而与工人同甘苦，其原因也因他自身最初也当过雇佣，尝过工人的味道，所以才能一发愿心，渡此可怜同病的众生。

由此我们可以明白，欧洲各国妇女运动之所以能再接再厉的原因，不外她们真实感到男女不平等的苦味，及确信妇女运动的真理，有十三分的信心，所以她们的运动才能成功，她们的运动才有价值。

至于中国社会的状况，什么事都是笼络的，显明的限制很少，妇女们所受生活上的压迫也不如欧美，所以中国的妇女运动，由一般的观察，我们敢断定绝不是真实的觉悟和有十三分的信心而后发生的，只是人人都有我羞独无的思想，于是凑热闹，也不免依样葫芦画他一画，但因无信念和确实的经验，究竟支撑不久，而且事此运动的一部分人中，难免有借题发挥，以快其出风头之初心的，所以民国初建之时，唐群瑛、沈佩贞之流，因女子参政运动也不知演出多少笑话，倒运的宋教仁听说还吃了沈佩贞两个大耳光子呢！闹得落花流水，一无结果，便尔遁迹销声，徒落笑柄罢了，有什么成绩可说；因之束身自好的妇女都羞说"参政"二字，从此沉寂了好几年；继起的虽有湖南广东两省妇女为种种运动，但势力都欠雄厚，且是面部的，其旗帜也不彰明；直到五四运动，中国思想界大开新生面，妇女运动也渐次高其声浪，北京有妇女参政运动会及女权运动协会等成立，但其中主坚分子，多半系血气未定之青年学生，不但不能有团结的组织，而且不免被人利用。当女权运动会成立的时候曾在北京女高师摄影，其中男子差不多要占三分之二，女子不过三分之一，这种情形实在使人惊异，岂是中国男子，特别宽宏大量吗？不与女子对敌，反与女子表十三分的同情，如果此情属实，女子也可以不必运动了。

　　当他们站在一部分女子身后，赞助女权运动时，恐怕是醉翁之意不在酒吧！并且老实说起来，中国现在的一团糟，作什么的不象什么，——所谓根本问题尚不曾解决，纵是容许了女子参政，究竟作得出什么事来？再说法律无非是由社会上实际事实的表现，绝不是张三的帽子李四戴，随随便便东涂西抹所能合用的，欧美的妇女有实力，事实上她能作一切男人所作的事，那么结果法律的条文自然也得容许她们作一切的事了。譬如英国妇女运动开幕于一八一九年，直到一九一八年才告成功，其间整整一世纪，她们的努力如何？她们的毅力又如何？她们若不是在大战时援助政府有功，她们选举权如何拿得到了？我们中国妇女在社会上作过什么事情？在什么地方表示过自己的有能力？根本的问题都不想解决，偏喜欢唱阳春白雪之词，难怪和者寡了。

拿我们妇女运动过去的事实，和人家欧美对照看，我们简直是耍猴戏，模仿人家的样子，耍耍罢了。其实中国的事情，哪一件不是耍猴戏，又何独责于妇女运动，其原因不外没有受够苦，仍旧得过且过的主意，非等到不能过了，总是不肯早为之的呵！

虽然我对于中国妇女运动的过去不免抱悲观，觉得一点成效都没有——这或者有一部分，要责备我说"你这话说得太灭自家威风，长他人志气了，你看现在各大学都开放了女禁，这不是女子运动的效果吗？"不错！现在各大学诚然开了女禁，但我们平心静气想一想，这些教育当局，他们所以肯答应各校开放女禁，与其说是妇女运动之力，何如说为面子好看，人家都开放，我们不妨也点缀点缀的为真实些呢？——不过从前的不满意，无论达到什么程度，而后此的希望，犹方兴未艾，我们妇女们应当撤去浮面一二风头上的事，而用一番切实的工夫，替沉沦已久的妇女开光明之路。

但妇女问题我以为绝不是社会上单独的问题，若果这社会是健全的状态，妇女问题简直不成其为问题；若果这社会是病的状态，我们单抱住妇女问题死咬，也不见得是根本的解决，便是得了参政权，也一样的抬不起头来。为今之计，我们只有向那最根本的社会问题上努力，然后我们妇女才有真正解放的时候，社会才有好现象。

这根本的问题到底是什么？解决了这个问题，我们妇女便可以解放？社会文明便可以进步？

现在社会上最使人看不过去的是什么？最不近人的生活是贫民阶级的生活！依我观察，以为现在社会上最看不过的事情，便是唯利是图的资本家以榨取劳工们的血汗，以快其利欲的私心。那最不近人的生活的阶级，便是劳动阶级，他们得食之难，真堪使人酸鼻痛心，而其中尤以妇女为可怜，因为她们劳动的结果，用血汗不减于男子劳工，而所得的报酬，又往往低于男子劳工。此外她们还有比男工可怜的地方，一方面为谋食而进工厂，供资本家的榨取；一方面又要兼顾育儿。据某丝厂厂主的报告，丝厂里女工的生活，其干燥和不安定，真使人不忍卒听。她们从晨曦隐约中，就得拼命往工厂跑，厂里的规矩，每天六点钟开厂，开厂时例须摇铃，工人们都在铃声啷啷中，蜂拥进厂，如果摇过铃再来，虽不过差几分钟，但已经要吃闭门羹了，这一天的饭食，便不知从何处掏来！从上午六点钟作到正午十二点放工，下午两点又要上工，在这短促的休息时间内，她们奔到家里，一臂握着头发待理，一臂又得招呼孩子吃奶，此外自己还得吃饭，——所吃的大约都是些冷饭残羹——更不问好歹，只糊乱倒在嘴里，奔马般的时间，又从不为苦忙的人稍驻，可怜眼见又要上工了，不管孩子的奶吃够了没有，只有狠心放下那带哭声的孩子，急急奔向工厂去。如此操作，直到下午六点钟才放工。

至于月薪，不过十二三元——至二十元之谱。这些微少的银子，不但买了她身体的自由，抑且买了她意志的自由，掠夺了孩子们母亲的爱和家庭的幸福。这还不算，到了六月溽暑的天气，前有蒸丝茧的热炉，后有烤丝的蒸灶，前后交烘，因之气蹶身死的，一天免不了几个。这种地狱般的人间，我们耳食者，犹不免烦冤满腔，何况身受荼毒的呢？但是奇怪！今天死了一个工人，明天依旧补上一个工人，绝没有裹足不前的。唉！她们为的是什么？仅仅吃饭的问题，便尔牺牲这许多！而雇她们的雇主——资本家，又何尝比人多一头一臂，而他们所享受的在工人万万倍之上，而又一无所牺牲，人间事还有不平等过于此的吗？便是给人家作使女僮仆也都比工人受用得多呢！提倡妇女运动的诸姑姊妹！你们不要只仰着头，往高处看，也俯俯身子，看看那幽囚中的可怜妇女吧！为她们求到翻身，求到自由，不是比给少数所谓上流阶级的妇女，求得参政权，不是更要紧而实在的吗？或者有人说求参政权的成功，便是一切的成功，如施设女子教育机关，定平等待遇的条件，都只要有了干预政治的权力，就都作到了，其实无论理论上说得过去与否，而事实上，绝不是如此，不但我们没有实力，得不到参政权，纵使勉强得来，因自己能力有限及政治界之伎俩百出故，卒不免为一部分争权夺利之工具，这又何苦来？而且运动妇女参政权的事情，在最近的潮流上看来，已经是过去的事了，现代女子求解放应当另辟新道路，才不至劳而无功。现代的妇女问题，已经不是独立的东西，早与社会问题打成一片了。

人类社会的改进，绝不是局部的，必定全体都有牵连，我们只愿个人本身的安乐，而无暇放眼向大千世界的全局看看，终久将安乐不了。中流以上社会的人，若只觉自己现在还过得去，便不问其他，都只以虚应故事的态度应付一切，点缀升平，到头来自己也要卷入苦恼的漩涡里了。譬如资本主义，其初的毒焰，只焚及下流社会的劳工们，而因他垄断财富的结果，奢侈日甚，消费特安害，足以将社会一般生活程度提高，中流社会的人也不免要叫苦连天了。又因为垄断之不已，互相竞争，而发生战事，于是全局为之牵动，上流社会的人，也不免颠顿之苦，——这些事实，绝不是法律条文上所能保障的，完全是实际生活的关系，于条文上作工夫，能不自笑其失计吗？况且我们相信过去时代女子的屈从，是由在产业界方面，女子不能不为经济无能力者所致。如果我们要改善女子的经济地位，解放其过去长久时间的屈从的铁链，又不能不注意到劳动运动，因为劳动运动，实在是促起经济的革新的唯一手段，且是唯一有效的手段，所以我们女子不求真正的解放则已，否则我们就不能不重视劳动运动，因为除此以外，再没有更重要的了。

而劳动运动中最重要的问题，是工作的时间减少，和工价银的增高。此外还有就是机会同等问题。

通例女子对于职业，立在两重不利益的立场上，第一，从事同一的工作而工钱则比男子低廉，第二，被认为女子独占的职业，无论其真价值如何，而在经济上，大概都是受很低的评价，受极低廉的报酬——至于所以如此之故，第一理由就是几千年来被压制的结果，先天的体力和聪明及后天的熟练机会都逊于男子，欲想恢复这一层，一方面须要求女子职业教育的改善和普及，一方面女子不被限制于家事及育儿方面，应当予以同等的机会，发展她们的体力及智力。这一层关系减少工作的时间最密切，女子从前因大不劳动而养成弱不禁风的体质，固然是不宜，但劳苦过甚也一样减少其健康。还有一点我们须知人绝不是只为吃饭穿衣服住房子而生存，除求物质的满足外，尚当予以精神的满足，如现在的劳工，除了工作——枯燥得和机械一般的工作，再没有暇余的时间，使他们享些家人团聚融洽之乐，也再没有暇余的时间，使他们领略些天然的美趣，享受些灵感上的乐趣。克鲁泡特金所主张无政府共产主义之所以有价值，就在灵肉均调这一点上。

这以上的问题一方面可以说是女子的问题，一方面又可以说是第四阶级男女共同的问题。不过女子因育儿的关系，却被社会如此残酷的待遇，更使我们感觉到不平之愤，还有一层女子恒被视为奴隶相等的阶级，男子中有阔老官有主人，而女子则完全只是他们的所有品和他们的所有奴隶，这就是激起女子对于男子宣战唯一原因，若果低头一看自己的幽囚中也有他们男子在内，那么她们必当转一面，不向所有的男子宣战，只向那些阶级不同的人——不问是男是女——如果女子里有自命阔老官主人，而奴视不同阶级的女子的，我们也应当一样和她们宣战，我们所争的，只是同此头颅的人类平等，并不是两性的对敌，事实上两性在世界是相互而生存的，若故为偏激之论，两性中间树起旗帜，互相战斗，那么中国的女子必要学《镜花缘》里女儿国把林之洋缠起足抹上脂粉来才能出前此一口怨气！如此冤冤相报，不独无意义，而且是大误谬了。

如上述女子解放的关键，只在劳动运动。劳动运动之克成功，势必在劳动妇女自身的觉悟，而中国的劳动女子又是二字不识，向来被压服惯了，更兼之"忍"是中国人的美德，有所谓"百忍堂"等美名目，不喜生事，——所谓大事化小事小事化无事——又是中国人的惯性，我们若只眼巴巴地望着这一群可怜妇女自动的觉悟，恐怕太不容易了。因此我们稍有知识的妇女，真看到妇女解放的真髓，然后本一片至诚，具百折不挠之毅力和决心，专在这些妇女身上作工夫，或者在工厂旁设立劳工学校，或者在一旁作露天讲演，——这些事业绝不是容易的事，第一要牺牲精神和金钱，甚至要牺牲生命，所以非有十三分决心的人，不配来讲什么运动，更不是专门借题发挥的配来负此重责。

所以我对中国有彻底觉悟，而想作妇女运动的可敬的志士有极大的希望，也有极恳切的忠告：无论作一种什么事业，第一步路径便是研究室里对于自身修养的苦功修养有素，然后再从事实在的方面观察，观察有得，然后须坚确信心，有了信心，再筹施设之方案。一切都准备好了，便开始工作。工作时必有一种为主义而牺牲一切的信念，到了这时候，所谓火候已到，便没有不成功的事情了。何况乎妇女运动！